モンスターボックス／シークレットボックス

MonsterBOX / SecretBOX

pnish
パニッシュ

論創社

目次

モンスターボックス

MONSTER BOX

登場人物

斬鬼丸

雪村数馬
遠藤 悟
川嶋修二郎

暁
刹那

ひとつ目
毘沙焔
シオン

【シーン　1】

今から遡ること四〇〇年以上前……
辺りは不気味な闇に覆われ、静まり返っている。
そこに傷付き疲れ果てた真田幸村と結界師がたたずんでいる。
二人の前には、それ以上に傷付いた瀕死の妖怪、斬鬼丸。

斬鬼丸　もう一押しってところで……　残念だったな、幸村……

斬鬼丸の体が崩れ始める。

斬鬼丸　うぐぐ……
幸村　どうした?
斬鬼丸　体がバラバラになりそうだ……
幸村　またか。
斬鬼丸　どんどん酷くなりやがる。
幸村　……

斬鬼丸　俺はいったいどうしちまったんだ？
幸村　それは都合が良い。
斬鬼丸　ん？

幸村の愛刀『童子切り安綱』が斬鬼丸を斬り裂く。

斬鬼丸　幸村っ⁉
幸村　俺を仲間だとでも思ったか？
斬鬼丸　なんだと……
幸村　間抜けな妖怪だ。こいつを封印しろ！

結界師は封印の法を行う。

斬鬼丸　なぜだ⁉　なぜ俺を裏切るっ⁉
結界師　天と地の権威を持って、我、五行の元に魔を封じる。
幸村　妖怪など……　この世に不要だ。
斬鬼丸　嘘だろ？　幸村……
結界師　凶魔封印‼
幸村　さらばだ。
斬鬼丸　幸村ぁ～‼

封印される斬鬼丸。

結界師　封印致しました。あとはこの結界をより強力にすべき核を……

刀を鞘に収め、結界師に差し出す。

幸村　この刀なら十分だろう。

結界師　妖刀、童子切り安綱。十分過ぎる代物です。これによって永きことに渡り封印されるでしょう。

幸村　永きことか……　さらばだ、斬鬼丸。

『童子切り安綱』を大地に突き刺す幸村。
強い輝きと共に結界が完成する。

幸村　……

【シーン　2】

そこは人影のない寂しい雰囲気の場所。
川嶋に連れられ、雪村数馬・遠藤悟がやって来る。

雪村　おい川嶋、どこまで行くんだよ？

古めかしい本を広げている川嶋。

川嶋　かなり近いはずなんだけどなぁ……
雪村　たく、妖怪なんてバカバカしい。
川嶋　なにを！
雪村　ほんとだったら、恭子たちとスノボーに行ってエンジョイしてるはずだったんだぞ。
川嶋　今日は、二ヵ月以上も前から俺が約束してただろ！
雪村　そうだけど、ずらしてくれたっていいじゃん。なあ、悟！
遠藤　えっ……　ああ、でも俺は下手だし。別に……
雪村　初めはみんな下手なんだよ。

遠藤　始めたのは数馬と一緒だろ！　でも数馬は上手い……
雪村　いや……　俺も悟と大して変わらないって！
遠藤　どうしてそういう風に言えるかな？　どう見たって数馬のが上手いだろ！
雪村　そうかな……

二人の間に険悪な空気が漂う。

雪村　とにかく、女の子も大勢いるし！　最高じゃん！
川嶋　バカを言うな！　何がスノボーだ!!　何が女だ!!　こっちは日本最強と言われた伝説の大妖怪斬鬼丸だぞ!!
雪・遠　……
川嶋　いいか。俺は妖怪研究会の会長として、あらゆる書物を読み漁り、調べに調べた。しかし、あと少しという段階で行き詰っていた。そんな時、神の啓示があったんだ！　すると全てが繋がり、ついに斬鬼丸がここに封印されていると判明したのだ。おまえらは親友だから教えてやったんだ！　ありがたいと思え!!
雪村　はいはい。
川嶋　しかも、斬鬼丸は今日復活するんだ!!
雪村　それも神様が教えてくれたのか？
川嶋　そうだ！　そしておまえらを連れて来いって言ったんだ。
雪村　嘘付け!!

川嶋　本当だ。
雪村　だいたいさ、その大妖怪が復活したらみんな殺されちゃうんじゃないの？
川嶋　ふっ、素人が。俺は妖怪のスペシャリストだぞ。何の対策もなしにこんな所へ来ると思っているのか。これを見ろ!!

バッグの中から札を取り出す。

雪村　何それ？
川嶋　これはな、どんな恐ろしい妖怪でも貼り付けた途端にたちまち動けなくしてしまう素晴らしい符なのだよ！　驚いたか!!

雪村は手に取る。

雪村　三八〇円ね。これでやられる妖怪ってずいぶん安いな。
川嶋　うぅ……　それだけじゃないぞ！　これならどうだ！

今度は六角形の板を取り出す。

雪村　今度は何だ？
川嶋　これはマジですごいぞ！　これはな、どんな大妖怪だろうがあっという間に消滅させてし

雪村　まうという究極の法具、魔天凶盤だ！
川嶋　で、それはどうやって使うんだ？
雪村　……どうやって使うんだっけ？
川嶋　知るか!!　ったく……
よし、いくぞ！

川嶋は歩き始める。
呆れながら付いて行く二人。
その時、地面に突き刺さっている刀に気が付く遠藤。

遠藤　何だ、これ？
雪村　ん、日本刀か？　きったねーな……　誰が捨てたんだ？

雪村は刀に手を伸ばすが、刀はびくともしない。

雪村　こりゃ、錆《さび》付いてどうにもならないな。

雪村の携帯が鳴る。

雪村　あっ、ちょっと失礼。

遠藤　不思議な感覚だな……

遠藤はあっさりと刀を引き抜く。

遠藤　何だ……　この感じ？

何とも言いようのない恐怖に駆られ、遠藤は刀を置いてその場を去る。

雪村　恭子の奴うるせーな、全く。あれ？　悟!?　おいおい、置いてくなよ。

遠藤の後を追う。
その直後、唸る様な音が響いてくる。
それが次第に轟音となり辺り一帯が暗くなる。
激しい閃光と共に、斬鬼丸が現れる！

斬鬼丸　うう……

ゆっくりと目を開く斬鬼丸。

斬鬼丸　……何だ……　俺は、生きているのか？

自分の手を見る。

斬鬼丸　ふふふふ……　はーはっはっはっは！　さすが俺様！　究極の大妖怪斬鬼丸様だぜ!!　見事に復活!!

気を高める斬鬼丸。

斬鬼丸　いっち、に、さん、すぃ〜

が、屈伸運動である。

斬鬼丸　ずいぶん、なまっちまったな……

転がっている『童子切り安綱』に気が付く。

斬鬼丸　幸村め、この俺様を裏切りやがって……　コノ、コノ！

斬鬼丸はびびりながらつま先で刀をつっつく。

斬鬼丸　……にしても誰が抜いたんだ、この妖刀を？　ま、どーでもいいか！　で、俺はいったいどれだけ閉じ込められてたんだ？
暁　四〇〇年だ。
斬鬼丸　よよよよ、四〇〇年っ⁉　信じられねぇ。ということは、今は……
暁　西暦二〇××年。
斬鬼丸　げっ！　千の位が変わっちまってるよ。そんなに長く封印されてたのか……　くそぉ！　俺の青春を返せってんだよ‼　な～んて、俺はいつだって青春さ～‼　さてと、久しぶりの現世だ。何からやろっかなぁ。
暁　おまえは封印される。
斬鬼丸　そうそう。まずはズバババーンと封印されて、また四〇〇年もの永き眠りに……　つくかぁ～‼　アホか！　今目覚めたばっかりだろっ‼　やりたいことがいっぱいあるんだっての！
暁　騒がしいバケモノだな。

結界師の暁が現れる。

斬鬼丸　誰だ、おまえ？
暁　妖気を感じたから来てみれば……　甦ったか、斬鬼丸。
斬鬼丸　あ？
暁　嬉しいよ。暇でストレスが溜まって気が狂いそうだったんだ。

斬鬼丸　え？　何が溜まったんだ？　スト、スタ、スタラ？　外来語か？
暁　バカ相手だが、少しは楽しめるだろう。
斬鬼丸　どうやら俺様のことをよくわかってねーみてーだな。しょうがねえ、耳の穴をかっぽじって、よ～く聞きやがれ!!（見得《みえ》を切り）闇より生まれしこの体、暗黒の力を身に纏い、大地を割って天を裂く!!

咳呵《たんか》の途中で暁の攻撃を喰らい倒れる斬鬼丸。

斬鬼丸　ぐぉ～　って、バカ!!　俺がいきなりやられちゃってどうすんだよ！　話が終わっちゃうよ!!
暁　この暁が、貴様を滅ぼす！

暁の符を使った攻撃。

斬鬼丸　うおっ!!

間一髪でかわす斬鬼丸。

斬鬼丸　待てよ！　俺とおまえが殺り合う理由なんてねーだろ。
暁　猫が鼠を追い回すのと一緒だ。理由などいらん。

斬鬼丸　ふざけやがって！　てめーが猫なら俺は獅子だってことを教えてやるぜ!!

斬鬼丸と暁がぶつかり合う。
その戦いは暁が優勢である。

斬鬼丸　くそ、どういうこった。力が出ねえ……
暁　貴様等みたいな下衆な奴らがいるから、俺は辛い宿命を背負わされたんだ。
斬鬼丸　あ？
暁　楽しませてくれよ。でなければ、気が治まらん！

暁が斬鬼丸を圧倒し始める。

暁　どうした。貴様の強さはこの程度か？
斬鬼丸　寝起きで調子が出ないんだよ！
暁　では、死ね。

間一髪のところに、鎌鼬《かまいたち》の刹那が割って入る。

刹那　よう！　結界師。
暁　鎌鼬か。

刹那　へへっ、斬鬼丸の兄貴が復活したからには、もうおまえなんか怖くないぜ。
暁　ふっ。
刹那　さあ、斬鬼丸の兄貴、久々に暴れまわろうぜ!!
斬鬼丸　……どちら様？
刹那　刹那だよ！　刹那！　疾風の刹那!!
斬鬼丸　思い出せん……
刹那　長い間封じ込められてたからって、俺を忘れるのは酷すぎるんじゃない？　俺はこの結界師が見張っている危険な場所に、毎日兄貴の様子を見に来てたんだぜ。
斬鬼丸　危ねぇ！

暁の攻撃をかわす斬鬼丸と刹那。

暁　まとめて始末する。

暁は法具を取り出す。

斬鬼丸　よし、ここはおまえに任す。よろしくな！
刹那　え？　どういうこと？

斬鬼丸は逃げ出す。

暁と顔を見合す刹那。

刹那　……ははは……　じゃあ、僕も……　さよなら！

凄まじい逃げ足を見せる刹那。

暁　斬鬼丸を相手にこの結界を使うことになろうとは。

暁は印を結び、法具を地に突き刺す。

暁　結!!

大きな力が作用する。

暁　せいぜい足掻《あが》け。

悠然とその場を後にする暁。

【シーン 3】

毘沙焔《びしゃえん》とひとつ目が歩いて来る。
毘沙焔は六尺棒、ひとつ目はカギ爪を携えている。

毘沙焔 この場所で合ってるのか?
ひとつ目 ああ、間違いない。
毘沙焔 おまえは頭が悪いからな。地図とかないのか?
ひとつ目 ああ、そうか。はい。

チーズを渡す。

毘沙焔 あ、そうそう。この銀の紙を剝がしてね、ワインにはチーズが一番…… ってバカ! これチーズじゃん!
ひとつ目 ……寒いな。
毘沙焔 もう二度とやらん。
ひとつ目 そう言うなって! 今は第四次お笑いブームなんだぜ。お笑いがもてる時代なんだよ。

毘沙焔　知るか。
ひとつ目　頼むよ！　俺とコンビを組めるのはおまえしかいないんだからさ。あっ、この前のネタちょっとやってみようか。
毘沙焔　……

ネタを披露する二人。

毘沙焔　こんなことをしてる場合じゃない。急がねば……
ひとつ目　でもよ、あいつに俺達の助けなんているのかね？
毘沙焔　わからん。
ひとつ目　そもそも蘇《よみがえ》るんだろうな？
毘沙焔　このただならぬ妖気……　間違いなかろう。

その時、暁の結界が発動する。

ひとつ目　これは⁉
毘沙焔　結界だ。

ひとつ目が結界に触れる。

ひとつ目　ギギギギギギ!!

激しい衝撃がひとつ目を襲う。
毘沙焔が引き戻す。

ひとつ目　助かったぜ。体がバラバラになるかと思った。
毘沙焔　迂闊な奴め。
ひとつ目　にしても、こりゃかなり強力な結界だぞぉ……
毘沙焔　やはり復活したか。
ひとつ目　だな。しかしよぉ、あとちょっと遅れてたら、俺達この結界の外に取り残されてたんだぜ。
　そしたら間抜けだよな。あっぶねえ……
毘沙焔　だからおまえと行動を共にするのは嫌なんだよ。
ひとつ目　おいおい、相方に向かってそんな言い方はないだろ！
毘沙焔　ふん。

ずんずん先へ歩んで行く毘沙焔。
慌てて追い掛けるひとつ目。

【シーン4】

遠藤と川嶋が歩いて来る。

川嶋　もおぉ、雪村は何をモタモタしてんだよ！　しょうがない。ここでちょっと待とう。
遠藤　……
川嶋　遠藤もスノボに行きたかった？
遠藤　さっきも言ったろ。上手く滑れないし。みんなに笑われて終わるだけだよ。
川嶋　そうかな？　そんなことは……
遠藤　それに比べて数馬はあっと言う間に上手くなって、かっこ良く滑れて、気持ち良いだろうなぁ。
川嶋　え？
遠藤　スノボーだけじゃない。野球だってサッカーだってスポーツは一通りこなせるし、勉強も出来る。俺は大学に入るのに必死に勉強したけど、あいつはあっさり合格。性格も良いし、話は面白いし……
川嶋　おいおい、誉め過ぎだろ。
遠藤　数馬とは幼馴染《おさななじみ》でいつも一緒だったから良くわかるんだ。典型的なヒーロータイプなんだよ。

川嶋　ええ～　そうかなぁ。

遠藤の歪んだ表情。

川嶋　最近、雪村と遠藤ギクシャクしてるよね。
遠藤　……
川嶋　お互い意識し過ぎなんじゃないの？
遠藤　あいつが俺なんかを意識するわけないだろ。
川嶋　……
遠藤　恭子ちゃん達《たち》は数馬が来なくてがっかりだろうな。
川嶋　いやいやいや、それは違うよ。まあ、がっかりはしてるだろうけど……
遠藤　え？
川嶋　まあ、言うほど雪村もヒーロージャないってことよ。

そこへやって来る雪村。

川嶋　何やってんだよ。俺はおまえのそういう自分勝手な所が嫌いなんだよ！
雪村　そりゃ川嶋だろ。無理やりこんな所に連れて来やがって。だいたい封印の場所はわかったのかよ！
川嶋　それが……　おかしいな。近いはずなんだけど……

雪村の携帯が鳴る。

雪村 また恭子だ。

遠藤 !

雪村 (電話に出て)やあ、スノボー楽しんでるかい? ……悪かったよ。だって川嶋がね……

川嶋がギラっと睨む。

雪村 とにかく、この埋め合わせはするから。な!

遠藤をチラッと見て声を潜める。

雪村 もっと良いシチュエーションを用意するって!! 今日は君達だけで楽しんでくれたまえ。
それじゃあね。

電話を切る雪村。

遠藤 数馬がいなくて恭子ちゃん寂しいんだな。

雪村 そんなんじゃないって。

遠藤　（小声で）おまえが羨ましいよ。
雪村　え？
川嶋　よし、向こうに行ってみよう！

川嶋と遠藤は行ってしまう。

雪村　たく。妖怪なんかいるわけねぇっての！

雪村が後を追おうとすると、遠くに何かが見える。

雪村　何だ、あれ？

斬鬼丸が背後を気にしながら現れる。

斬鬼丸　くそっ、結界を張られてるぜ。参ったな。
雪村　すっげー格好だな。

前を向くと目の前に雪村。

斬鬼丸　きゃあ～!!

雪村　うわぁ〜!!
斬鬼丸　……なんだよ、人間かぁ。
雪村　はぁ？
斬鬼丸　脅かすなよ。
雪村　別に脅かしてないよ。勝手にびっくりしたんだろ。小心者だな。
斬鬼丸　この俺様に向かって小心者だとぉ!!
雪村　にしても、すっげーカッコだね。コスプレ？　ひょっとして川嶋の友達なの？　川嶋と同じ危ない感じがするもんなぁ。
斬鬼丸　この俺様を知らないとは……　よ〜く聞けよ！　（見得を切り）闇より生まれし……
雪村　誰かを捜してるの？
斬鬼丸　聞けよ!!　今、すっげーかっこ良いとこだったんだぞ！　それをおまえは！
雪村　いや、ずいぶん辺りを気にしてたみたいだったからさ……
斬鬼丸　変な奴が俺に付き纏って困ってるんだよ。
雪村　もしかして、ストーカー？
斬鬼丸　すとか？
雪村　わかった！　君、コスプレ界のカリスマとかでしょ？　ここらでイベントとかやってるんだ。
斬鬼丸　何言ってんだおまえ？　いいか、俺はここに四〇〇年もの間……
雪村　で、そのストーカーってどんな奴？
斬鬼丸　てめーは人の話を聞きやがれ!!
雪村　あっ、ごめんごめん。

斬鬼丸　初対面だってのに馴れ馴れしいんだよ！
雪村　なんか興味湧いちゃって。
斬鬼丸　俺に？
雪村　ああ。
斬鬼丸　何で？
雪村　何でだろう？

雪村と幸村が重なる。

斬鬼丸　……あいつみたいだな。
雪村　え？
斬鬼丸　嫌な奴を思い出しちまった。あいつも初めて会った時から妙に心を開いてきやがってな。元はと言えば、それが俺の運の尽きだった。
雪村　別れた女の人？
斬鬼丸　違うわ！　もういいよ。おまえみたいなのと関わるとろくなことにならない。あばよ。
雪村　ねえねえ！
斬鬼丸　なんだよ、うるせえなぁ。
雪村　ストーカーってあの人？

現れる暁。

暁　見つけたぞ。
斬鬼丸　はぁ……　おまえと話してたから見つかっちまったじゃねーか。
雪村　俺から言ってあげようか？
斬鬼丸　何で俺を追うんだよ。あの鎌鼬を追えよ！
暁　あいつでは楽しめない。
雪村　あのさ、この人は嫌がってるんだから付け回したりするのは……

雪村を人質に取る斬鬼丸。

雪村　ちょっと、何すんだよっ⁉
斬鬼丸　ふふふふ、どうだ。これで攻撃出来まい。
暁　なぜ？
斬鬼丸　いや、だって、攻撃したらこいつ死ぬぞ。
雪村　え？
暁　貴様を野放しにすればもっと多くの人が死ぬだろう。多少の犠牲は仕方がない。
雪村　は？
斬鬼丸　ごもっとも。

襲い掛かる暁。

斬鬼丸　邪魔なんだよ！
雪村　うわ～!!

雪村を突き飛ばし、暁の攻撃をかわす斬鬼丸。

暁　邪魔だ！
雪村　ウゲェ!!

今度は暁に蹴飛ばされる。

雪村　なんなんだよぉ～

二人はもういない。

雪村　くそぉ……　あいつらの危なさは川嶋以上だな。川嶋がまともに思える。

そこへ戻って来る川嶋と遠藤。

川嶋　だから、おまえは何をやってんだよ。行くぞって……
雪村　川嶋。おまえは可愛いもんだよ。

川嶋の頭を撫でる雪村。

川嶋　何すんだ！　気持ち悪いな。

雪村　聞いてくれよ。変なコスプレイヤーたちがいてさ、川嶋みたいな奴らなんだけど、もう川嶋なんか全然比じゃなくて……

川嶋　俺はコスプレイヤーじゃねぇ！　一緒にするな！

雪村　そいつらが、わけわかんなく俺に絡んできて、殺されるかと思ったよ。

川嶋　死ねば良かったのに。

雪村　さらっと嫌なことを言うな。

遠藤　でもさ、こんな所に来るなんておかしいよね。

雪村　どうせ変なイベントとかやってんだろ。

遠藤　もしかして、妖怪だったりして。

雪村　まさか。そんなものは存在しないよ。

刹那が三人の前を通り過ぎる。

三人　……え？

遠藤　何あれ……　人間じゃないよね？

雪村　ああ。でも、動物でもねーんじゃないか？

遠藤　すごく禍々《まがまが》しい感じだったけど……
雪村　川嶋、あれってもしかして……
川嶋　間違いない。妖怪だ!!

トボトボと戻って来る刹那。
慌てて身を隠す三人。

刹那　ひでーよな。長い間封印されてたからって俺を忘れちゃうなんてさ……　にしても、この結界の中、妖気が充満しすぎだよ。あいつのせいだな。くそっ！　あぁ、疲れた。じっとしてた方が逆に見つかるかな？

刹那は三人に気付かず腰を下ろす。

雪村　ししし、信じられねぇ！
遠藤　でも、実際あそこにいるよ。
雪村　いたんだ……　妖怪っていたんだ!!
遠藤　来るんじゃなかった!!
雪村　おい、どうすんだよ川嶋っ⁉
川嶋　素晴らしい！　今日は人生最良の日だ!!
雪村　え？

川嶋　妖怪を見つけたんだぞ！　俺達はこの目で妖怪を見てるんだぞ！　こんな素晴らしいことがあるか？

雪村　素晴らしくねーよ!!　殺されるかもしれないんだぞ！

川嶋　俺に任せろ。

川嶋は三八〇円の符を取り出す。

雪村　三八〇円で何をする気だ!?

川嶋　捕獲する。

雪村　バカ、刺激するな！　つーか値札くらいはずせ！

川嶋は背後からそっと刹那に近づき符を貼り付ける。

刹那　ギャ〜!!

硬直する刹那。

雪村　効いた！　すげー!!

刹那　びっくりさせんな!!　心臓が飛び出るかと思っただろ！

雪村　驚いただけだ〜!!

刹那　てめ～!!

川嶋の首に鎌を突き付ける刹那。

刹那　人間の分際でふざけたことしてくれんじゃねーかよ。
川嶋　すいません、ほんとすいません。あいつにやれって命令されて。

雪村を指差す川嶋。

雪村　だぁ～！　罪を擦り付けんじゃねー!!
川嶋　僕は妖怪信者です。すごく感動してるんです。あなたのような素晴らしい妖怪に会えて。種族は鎌鼬ですね。ああ、なんと美しい鎌だ。これが鎌鼬の鎌か……　えへへへ……

川嶋は常軌を逸した顔で刹那の鎌を見つめる。

刹那　な、なんなんだ。気持ち悪いなコイツ……　あっ、そうだ！　命を取ったりしねーから、斬鬼丸の兄貴を捜すの手伝ってくれないか。
三人　え？
刹那　仲間の妖怪が結界師に追われてるんだ。あいつより先に斬鬼丸の兄貴を見つけて体勢を立て直したい！

川嶋　やっぱり斬鬼丸が復活したんだ!!　どうだ、俺の言った通りだろう！　わかったか、この俺の偉大さが!!

雪村　じゃあ、さっきのが……

刹那　兄貴に会ったのか!?　無事だったんだろうな？

雪村　ああ。元気だったよ。

刹那　で、兄貴はどこに？

雪村　さあ？　ものすごい勢いで走り去って行ったから、もうどっか遠くに行っちゃったんじゃないかな？

刹那　それはない。ここら一帯は強力な結界で囲まれてる。外には出られない。

川嶋　結界だって、感動!!

雪村　捜し出したとして連絡はどうするの？

刹那　それなら……

川嶋　おお、ものすごい妖怪グッズが？

刹那は携帯電話を取り出す。

刹那　これに連絡してくれ。

雪村　……妖怪っぽくねぇ……

川嶋　時代だなぁ……

刹那　赤外線で送るから、おまえら受信な。

赤外線通信をする一同。
遠藤は極度に怯えている。

雪村　でも、そんな強い妖怪がどうして人間に追われてるの？
刹那　復活したばかりで調子が出ないいんだろうな。
雪村　そうなんだ。
刹那　そしたら手分けして捜すぞ。いいな。行くぞ！

刹那は勢い良く飛び出して行く。

川嶋　すごい、すご過ぎる!!　妖怪を見ただけじゃなく、携帯の番号まで聞いちゃった！　な、な、妖怪は存在しただろ！　俺は間違ってなかったろ!!
雪村　ああ、正直ビビった。今でも心臓が飛び出しそうだよ。なあ、悟。
遠藤　……
雪村　悟、大丈夫か？
遠藤　あ、うん……

遠藤はギリギリで正気を保っている。

雪村　しかし、とんでもないことになったなぁ。だからスノボーに行っとけば良かったんだよ。
川嶋　バカか！　行ってたら妖怪に会えなかったんだぞ！
雪村　それが問題なんだよ！　……しょうがない、とにかく捜すとするか。
遠藤　何をっ⁉
雪村　斬鬼丸だよ。
遠藤　バカ言うな‼　逃げないでどうするんだ！
雪村　でも、捜すって約束しちゃったじゃん。
遠藤　そんなのどうでもいいだろ！　死ぬかもしれないんだぞ！
雪村　……俺、あの妖怪たちが悪い奴らとは思えないんだよ。追いかけてた奴のが悪そうだった。
遠藤　しっかりしろよ数馬‼　状況を把握しろ！　今すぐここから逃げないでどうする‼
雪村　だったら悟は逃げろ。俺は斬鬼丸を捜す。
遠藤　！
雪村　川嶋はどうする？
川嶋　捜すに決まってるだろ！　伝説の大妖怪だぞ。鎌鼬なんて比じゃないんだぞ！　ウヘヘ……　ゾクゾクするぅ～‼
雪村　方向性が違うけど、まあいいか。じゃあ、行くぞ。
遠藤　見下すなよ！
雪村　え？
遠藤　数馬はいつもそうだ！　そうやって俺を見下して……　情けない奴だと思ってるんだろ⁉
雪村　そんなことないよ。俺は悟の言うことも正しいと思ったから……

遠藤　嘘付くな！　ずっと一緒だったからわかるんだ。おまえはいつも俺の上に立って見下してるんだ。
雪村　いい加減にしろよ！　パニクってるのはわかるけど……
遠藤　パニクってなんかいないよっ!!
雪村　悟……
遠藤　くそぉぉ～!!

遠藤は一人で逃げ出す。

雪村　お、おい、悟！　……何でこう衝突するんだよ。
川嶋　本当はどこかで見下してるんじゃないの？
雪村　そんなことねーよ！
川嶋　ふ～ん。じゃあ、俺は向こうへ行くよ。ああ～、斬鬼丸に会えますように！

川嶋は行ってしまう。

雪村　何で俺が悪者みたいになってるんだよ……

雪村も歩き出す。

【シーン　5】

遠藤が怯えながら歩いて来る。

遠藤　どうしてこんなことになったんだ！　数馬の奴……　ちくしょぉ!!
声　憎いか……
遠藤　だっ、誰だっ!?
声　力をくれてやってもいいぞ……
遠藤　え？
声　我に従え。さすればおまえに力をくれてやる。

遠藤は耳を塞ぐ。

声　力を得れば、恐れるものなどないぞ。
遠藤　やめてくれ！　こんな所に来るんじゃなかった……
声　いや、来る運命だったのだ。憎悪の心を持つ者が我に惹《ひ》かれるは必然。
遠藤　……

声　おまえの望みを叶えてやる。
遠藤　俺の望みを……

毘沙焔とひとつ目が現れる。

遠藤　うわ～!!

遠藤は慌てて隠れ息を潜める。

ひとつ目　なあ、もうちょいやる気を出してくれよ。ネタは面白いんだからさ。
毘沙焔　面白くないわ！　妖怪が漫才やってどうする。
ひとつ目　そこがいいんだよ。このミスマッチが絶妙な笑いを生むんだって！
毘沙焔　人間を喜ばすのだぞ。
ひとつ目　笑わせといて、ズバっと殺す！　天国から地獄よ。最高だろ？
毘沙焔　おまえの考える寒いネタでは誰も笑わん。
ひとつ目　面白いって！　おまえのツッコミが……
毘沙焔　ん!?
ひとつ目　どうした？
毘沙焔　そこにいるの出て来い。
遠藤　た、た、助けください……

毘沙焔　運がなかったな。
ひとつ目　ちょっと待て！　良いとこに現れた。おまえ、俺たちのネタを見てくれよ。
毘沙焔　な⁉
ひとつ目　これで俺の考えたネタが寒いか、おまえのツッコミが悪いかわかるぜ。
毘沙焔　……
ひとつ目　よし、いくぞ！

二人はネタを見せる。
その間に逃げ去る遠藤。

ひとつ目　どうだ！　面白いだろ……　って、いねーよ。

遠藤は逃げ去っている。

毘沙焔　……最悪だな。
ひとつ目　たく、これじゃネタが面白いかどーか判別できないじゃないか！
毘沙焔　行くぞ。

毘沙焔とひとつ目は去って行く。

【シーン　６】

雪村がやって来る。

雪村　いつからだろう、こんな気まずくなったの？　小さい頃からずっと仲良くやってたのに……　悟、大丈夫かな。ちゃんと逃げれたかな。つーか、俺も大丈夫かぁ？

前方に斬鬼丸が丸まっている。

雪村　見つけちゃったぁ……

ドキドキしながら斬鬼丸に近づく。

雪村　あの、斬鬼丸さんですよね？

斬鬼丸は気が付かない。

雪村　（大声で）　斬鬼丸さ～ん!!

斬鬼丸　きゃ〜!!
雪村　うわ〜!!
斬鬼丸　ちっ、またお前かよ。
雪村　だから、なんでそんな小心者なんだよ。
斬鬼丸　てめえ、この俺様に向かって……
雪村　あ、すいません！　わかってます。大妖怪の斬鬼丸さんですよね。
斬鬼丸　ほう。ようやく気が付いたか。しかし、よく俺の石化の術を見破れたな。
雪村　え!?　すっげー生身だったけど……
斬鬼丸　どうも妖術は苦手だな。
雪村　ほんとに大妖怪なの？
斬鬼丸　てめー、ぶっ殺されたいのか？
雪村　ちょちょ待って待って！　俺は刹那に頼まれてあなたを捜してたんですよ。
斬鬼丸　は？
雪村　今、連絡するから。って、どうやってこの場所を知らせるんだ？　景色が一緒で説明のしようがないぞ。
斬鬼丸　おまえは何者だ！
雪村　いや、僕はあなたを助けようと思って……
斬鬼丸　俺を助けるだぁ？
雪村　だって、あの人に追い回されてたから。
斬鬼丸　ふざけるな!!　誰が人間ごときに追い回されるかってんだよ!!

雪村　追いかけられてたじゃん！
斬鬼丸　てめぇ、ぶっ殺してやる!!
雪村　うわ！

斬鬼丸は飛び掛ろうとするが、急に頭を抑える。

斬鬼丸　うぐぐ、これはいったい？　頭が割れそうだ……
雪村　どうしたの？

雪村は自分の携帯が鳴っていることに気付く。

雪村　あ、恭子だ。ちょっと、すいません。
斬鬼丸　ぐぅぅ～
雪村　今、半端なく取り込んでるから後でまた掛け直す。今度ゆっくり説明するから。じゃあね。

電話を切る雪村。

斬鬼丸　ん？　治った……
雪村　大丈夫ですか？
斬鬼丸　てめぇはぶっ殺す！

雪村　わ～!!

　　また電話が鳴り、斬鬼丸が苦しむ。

雪村　あれ？　ひょっとして……　（電話に出て）あのな、後で折り返すから待ってろって！
絶対だよ。うん。じゃあ、スノボー楽しんで。

　　雪村は電話を切る。

斬鬼丸　治った……
雪村　やっぱりそうか。携帯の電波に弱いんだ！
斬鬼丸　は？　けいたい？
雪村　これさ。
斬鬼丸　何だそりゃ？
雪村　これを使うと……
斬鬼丸　うおぉぉ～　頭が割れるぅ……

　　電話を切る。

雪村　わかった？

斬鬼丸　こいつ…… なんて恐ろしい術を使うんだ。
雪村　術じゃないいんだけどね。
斬鬼丸　油断ならん奴だ。
雪村　さて、困ったな。とりあえず、こういう時は動かない方がいいな。斬鬼丸、しばらくここで待機だ。
斬鬼丸　てめぇ、俺に命令してんじゃねぇ。ぶっ殺されてぇのか！

携帯を取り出す雪村。

斬鬼丸　げっ！
雪村　いけないいな、そういう態度は……
斬鬼丸　ま、待て！

電話を掛ける雪村。

斬鬼丸　うぐぐ……
雪村　あ、斬鬼丸を見つけました。ええ、でもここの場所がわからないんです。なんで、ここでじっとしてます。よろしく。（電話を切り）わかった？
斬鬼丸　くっそ～、この俺様がなんでこんな目に合ってんだ……

ドサッと寝転がる斬鬼丸。

斬鬼丸 四〇〇年ぶりだぞ。やりたいことがいっぱいあるんだよぉ〜!!

雪村 斬鬼丸って、ずいぶん人間っぽいね。

斬鬼丸 ……ふん。人間なんか俺から見りゃ紙屑だ。

雪村 よく言うよ。その人間に追い回されてるくせに。

斬鬼丸 本調子じゃねぇって言ってんだろ!

雪村 あ、まだ名前を言ってなかったね。

斬鬼丸 おまえの名前に興味はない。

雪村 俺は雪村っていうんだ。

斬鬼丸 ゆきむら! 嫌な名前だな。

雪村 何で⁉

斬鬼丸 ……

雪村 何かあったの?

斬鬼丸 真田幸村。俺を封印した張本人だ。

雪村 え、すっげー!! 真田幸村と会ったことあんの⁉ 俺、歴史とか好きなんだよ。あっ、でも俺は苗字が雪村なんだけどね。字も違うし。ねえ、真田幸村ってどんな人だったの?

斬鬼丸 知るか!

雪村 そうか、封印されたんだもんね。良くは思わないか。あっ! さっき嫌な奴を思い出したって言ってたけど、それって真田幸村?

斬鬼丸　そうだよ。
雪村　どうして封印されたの？　どんな悪さをしたんだよ？
斬鬼丸　おまえに話す必要ねぇ！
雪村　つーか、真田幸村って斬鬼丸より強いのか。人間なのにすげぇ!!
斬鬼丸　幸村が俺より強いって？　バカ言うなっ!!
雪村　だって封印されたんだろ？
斬鬼丸　あいつと戦って力尽きた時にやられたんだ。
雪村　あいつって？
斬鬼丸　んなことより、幸村は天下を取ったのか？
雪村　いや、幸村はあえて勝ち目の薄い豊臣軍に加担して、徳川家康に敗れたよ。でも影武者戦法を使って、あと一歩のところまで家康を追い詰めたんだぜ。
斬鬼丸　幸村らしいな。
雪村　もし、大阪城内が幸村の指示通り戦っていたら歴史は変わってたかもしれない。
斬鬼丸　……そうか。
雪村　残念そうだね。
斬鬼丸　ばーか！　そんなわけねえだろ！　天罰だよ。くたばって当然！　で、どんな世の中になったんだ？
雪村　え？
斬鬼丸　住みやすいか？
雪村　どうかなぁ。俺的にはもっと良い世の中になって欲しいと思うけど。

斬鬼丸　なって欲しいじゃダメだ!!　良い世の中にする！　じゃねーと。
雪村　ひとりの力じゃ無理さ。
斬鬼丸　何で？
雪村　じゃあ聞くけど、ひとりでどうやればいいんだよ。
斬鬼丸　気に入らない事はぶっ壊す。気に入らねえ奴はぶっ殺す！
雪村　それは妖怪の発想だよ。人間の世界は……
斬鬼丸　幸村はそうだったぜ。自分が世の中を変えるって言ってた。
雪村　時代が違うよ。
斬鬼丸　つまらなそうな時代だな。
雪村　……真田幸村のこと、嫌いなんだよね？
斬鬼丸　あたりめーだ。封印されたんだぞ！　生きてたらぶっ殺してやりてーよ！
雪村　どうも、そうは見えないけどなぁ。ねぇ、四〇〇年前のことを教えてよ。真田幸村とのいきさつとか、あいつとの戦いとか、いったい何があったの？
斬鬼丸　もう思い出したくねえ。

そこへやって来る刹那。

刹那　いた～!!
雪村　良くわかったね。
刹那　妖気が充満し過ぎてて兄貴の位置はわからないけど、人間のおまえのかすかな匂いは嗅ぎ

雪村　分けられた。
刹那　すごいな……
斬鬼丸　斬鬼丸の兄貴、無事でなによりだよ。
刹那　だから、おまえは誰だ？
斬鬼丸　いつも一緒にいたじゃないか。
刹那　あのな、俺にくっついてる奴なんて、ごまんといるんだ。
斬鬼丸　でも……
陰陽師の腕を喰いちぎったひとつ目や、都を一晩で火の海にした毘沙焔とかは覚えてるが、おまえは何かやったか？
刹那　……
斬鬼丸　何も出来ないちっぽけな妖怪を、俺様がいちいち覚えてるわけないだろ。
雪村　酷いことを言うな。刹那はおまえを助けようと一生懸命だったんだぞ。
斬鬼丸　だから助けなんていらねーんだよ。そのうち調子も戻ってくる。それに、てめーらがどうやって俺を助けるんだ？　重荷になるだけだろが！
雪村　あったま来たぞ。そんなこと言うなら俺はおまえの友達をやめる！
斬鬼丸　いつから友達になったんだよ!!
雪村　それがやだったら、刹那にちゃんと謝れ。
斬鬼丸　ふざけんな！

斬鬼丸の体が軋む。

斬鬼丸　またた……
雪村　どうした?
斬鬼丸　何でもねーよ!

斬鬼丸は去って行く。

雪村　おい!　どこに行くんだよ!

雪村を制する刹那。

刹那　いいんだよ。兄貴の言うとおりだ。
雪村　あんな奴の言うことなんか気にする必要ないよ。
刹那　間抜けだな、俺……
雪村　刹那。
刹那　そうだよな。俺みたいなの覚えてるわけないよな。四〇〇年前のあいつとの戦いの時も逃げちまったし……
雪村　それ!　四〇〇年前に何があったの?
刹那　あいつはどこからともなく現れた。そして人間だろうが妖怪だろうが、目に入った奴は見境なく殺した。奴を倒すべく双方から次々と屈強な者たちが挑んでいったが、みんなやら

雪村　れちまった。恐ろしく強いその妖怪は「シオン」と言った。
刹那　シオン……
雪村　もう誰もが逃げ回るしかなかった。そんな時、奴に戦いを挑んだのが斬鬼丸の兄貴と真田幸村、そして有能な結界師だった。
刹那　え⁉　斬鬼丸と真田幸村は敵同士じゃないの？
雪村　斬鬼丸の兄貴にとって人間は敵さ。でも、真田幸村は特別だったみたいだ。
刹那　どういうこと？
雪村　俺はくっついていった。そして奴を見た。恐ろしかった。なぜか分からないが直感で恐ろしさが分かったんだ。俺は逃げちまった……
刹那　それで？
雪村　倒したさ。斬鬼丸の兄貴たちは、あの恐ろしいシオンを倒したんだ。そして封印した。その戦いで斬鬼丸の兄貴は大きく傷付き、そこに付け込まれ斬鬼丸の兄貴も封印されちまった。
刹那　なぜ斬鬼丸を封印したんだ？　命を懸けて共に戦った仲間じゃないか！
雪村　知らないよ。
刹那　何があったんだ？
雪村　結局、人間にとって妖怪は全て敵なんじゃねーか。
刹那　そんな。
雪村　はぁ……　俺はダメだ……
刹那

その時、斬鬼丸が吹っ飛んで来る。

刹那　兄貴！

続いて現れる暁。

雪村　あなたは！

さらに符を持った川嶋が現れる。

雪村　おまえは何やってんだっ!!
刹那　てめー裏切ったな。
川嶋　俺はこの人についた！
雪村　刹那すまん。ああいう行き当たりばったりで生きてる奴なんだ。
暁　どうした。逃げないのか？
斬鬼丸　やってやるよ。俺の強さを思い知らせてやる！

戦う斬鬼丸と暁。
しかし、明らかに暁が押している。

斬鬼丸　こいつ、人間のくせに……

雪村　ちょっと待って！　話し合おうよ！

苦戦する斬鬼丸を助けるために刹那が飛び込んで行く。

雪村　刹那!!
刹那　兄貴、手を貸すぜ！
斬鬼丸　こら！　余計なことすんじゃねー!!

視線を逸らした斬鬼丸に、直接符を貼り付ける暁。

斬鬼丸　しまった！
暁　伍掌頼法《ごしょうらいほう》、發《はつ》

ダメージを負う斬鬼丸。

刹那　兄貴！
暁　これで勝負あったたな。
斬鬼丸　……これで五分だ。
川嶋　イカす！　發、發！

川嶋は暁の真似をしている。

雪村　てめーはいい加減にしろよ！

刹那　くそ！　疾風牙!!

真空刃を飛ばす刹那。

符で逸らす暁。

その真空刃が斬鬼丸をかすめる。

斬鬼丸　ぐっ！

刹那　あっ、兄貴ごめん！

暁　伍掌頼法、監

符に縛られ動けなくなる刹那。

刹那　しまった！

暁　しばらく大人しくしておけ。後で始末してやる。

刹那　くそ!!　これじゃ結局重荷じゃねーか!!

暁　さあ、続きといこうか。それとも、もう限界か？

斬鬼丸　バケモノはそう簡単にくたばらないんだよ。

晩が新たな符を取り出す。
川嶋も真似をして符を取り出す。

雪村　三八〇円を出すんじゃねぇ！
暁　これで終わりにしてやる。
雪村　待ってくれ！
暁　ん？
雪村　こいつは悪い妖怪じゃないんだ！　四〇〇年以上前に日本を救った良い妖怪なんだ！
斬鬼丸　バカ言ってんじゃねえ！　俺は悪い妖怪なんだよ!!
暁　知ったことか。
雪村　え？
暁　その四〇〇年以上前から俺の一族は妖怪を見張ってきたんだ。生まれた時からバケモノと戦うことを強要され、一切の自由を禁じられ、ひたすら修行の毎日だ。わかるか、その辛さが!!　それが俺の宿命なら、俺はバケモノを殺し続けるだけだ。
雪村　それは間違ってるよ！
暁　もろとも死ね！
雪村　うわ！

暁の背後から人影が迫る。

咄嗟《とっさ》にかわすが、避け切れない。

暁　ぐっ、誰だっ⁉

それは遠藤である。
手には『童子切り安綱』が握られている。

雪村　悟‼
斬鬼丸　ゲッ！　あれは童子切り安綱じゃねーか！
暁　やってくれたな。借りはきっちり返すぞ！

暁が遠藤に攻撃を仕掛ける。
かわす遠藤。

暁　人間がこれをかわす⁉
雪村　どうしたんだよ、悟⁉
遠藤　数馬。俺は生まれ変わったんだ。もう昔とは違う。誰にも負けない。おまえにもな！
雪村　落ち着けよ。な！　話そう。落ち着いて話そう。
遠藤　俺は落ち着いているよ。むしろ清々しい。
斬鬼丸　てめえごときが……　てめえごときがその刀を振るうんじゃねぇ！

斬鬼丸が飛び掛かる。
その隙をついて暁が攻撃。

暁　空の利を借り塵《ちり》と化す。雷斧《らいふ》

しかし、遠藤は『童子切り安綱』で弾き返す。

暁　な！

遠藤に圧倒される斬鬼丸と暁。

雪村　やめろ悟！　そんなのおまえらしくないだろ！
遠藤　俺らしく？　弱虫でビクビクしてろってことか。
雪村　違うよ！
遠藤　おまえには一生分からないさ。劣っている人間の気持ちなんか。
雪村　悟……
遠藤　数馬は殺さないでいてやるよ。幼馴染としての情けだ。そのかわり、恭子はもらう。
雪村　え？
遠藤　おまえに恭子は渡さない！

雪村　ちょっと待てよ。恭子は……
斬鬼丸　ぶち殺す！
暁　許さん！

立ち上がる二人。

遠藤　さあ来い。この俺を倒してみろ！　はーはっはっはっは！

遠藤は高飛車に去って行く。

雪村　悟！
斬鬼丸　待て、この野郎!!
暁　逃がすか！

遠藤を追う斬鬼丸と暁。
雪村も慌てて追おうとする。

刹那　こら！　俺を置いてくなっ!!
雪村　あ！
刹那　この結界を解いてくれ。

雪村　解くったって、どうやって？
刹那　結界には必ず結び目がある。それを外してくれ。
雪村　結び目？
川嶋　これだな。

川嶋は符を見つける。

刹那　それだ。破いてくれ。
川嶋　俺を襲わないか？
刹那　襲わないよ。
川嶋　絶対？
刹那　絶対。
川嶋　絶対に絶対に絶対に……

雪村が符を破く。

川嶋　あ、雪村君？
刹那　この野郎！
川嶋　助けて〜!!
刹那　って、そんな場合じゃねえんだよ！

雪村　悟、どうしちまったんだ？
刹那　ありゃ、妖怪になりかかっちまってるな。
雪村　嘘だろっ⁉　人間が妖怪に？
刹那　あのな、妖怪ってのは元は人間だったり動物だったりするんだよ。
雪村　そうなの？
刹那　あたりまえだろ！　じゃあ、なにか。妖怪と妖怪が結婚して子供が産まれるとでも思ってんのか？

雪村　うん。
刹那　……信じられん……
川嶋　するとあなた……　元は鎌か。
刹那　鼬だよ！
雪村　でも、なんで悟が妖怪になるんだよ！
刹那　嫉みや恨み、怒り、または愛情や執着心。そういった強い感情が行き過ぎると精神と肉体のバランスが崩れ始め、変化を起こすんだ。

川嶋　遠藤はおまえに嫉妬していた。
雪村　俺に？
川嶋　そうやって気付かないふりをするのがおまえの悪いとこだ。
雪村　……
刹那　でも、変化するほどの邪悪な気配は感じなかったけどな……　それに、あいつはどこへ向かったんだ？

川嶋　なんか斬鬼丸と暁さんを誘い込んでるみたいだったな。
刹那　あの強さ……　もしかしてあいつが絡んでるのか。
雪村　あいつって、あいつ？
刹那　そうだとしたら、大変なことになるぞ！
雪村　え？
刹那　急ごう！　後を追うんだ!!
雪村　ちょっと待って！
川嶋　どうした？
雪村　妖怪グッズは全部置いていけ。
川嶋　何で⁉
雪村　おまえは暴走しやすいんだよ。そんなの持ってると余計にな！
刹那　確かに。
川嶋　わかったよ。そのかわり、いざというとき後悔するなよ。
雪村　絶対しないよ！

川嶋はバッグを置く。

雪村　よし、行こう！

三人は後を追う。

【シーン7】

遠藤が駆け込んで来る。
それを追って来る斬鬼丸と暁。

遠藤　どいつもこいつも大したことないなぁ。
斬鬼丸　今、捻り潰してやるよ。
暁　引っ込んでろ、邪魔だ！
斬鬼丸　てめぇが引っ込め。

遠藤が斬り掛かる。

斬鬼丸　アブね！
暁　貴様の動きは見切ったんだよ。

応戦する暁。

65　モンスターボックス

斬鬼丸　俺がやるって言ってるだろが!!

三人の戦いは激しさを増していく。
それと同時に辺りが暗くなる。

遠藤　どうした。もっと力を見せろ！

暁に向け刀を振り下ろす遠藤。
咄嗟に斬鬼丸を盾にする暁。

斬鬼丸　なっ!!

『童子切り安綱』を白刃取りする斬鬼丸。

斬鬼丸　あちちちちち!!

後ろから飛び出す暁。

暁　もらった！

遠藤が妖術を使う。
意表をつかれた暁は、もろに術を受ける。

遠藤　何をもらったんだ？　俺の攻撃か？
暁　こいつ……
遠藤　ククク……　はーはっはっはっは！

辺りは完全に不穏な空気に包まれている。

斬鬼丸　……なんだか、嫌な感じがするぞ……
遠藤　悔しいか？　だったら死ぬ気で来い！
斬鬼丸　童子切り安綱に結界師……
暁　ならば……

暁は符を取り出す。

斬鬼丸　あの時と同じ……　そうか！
暁　我、天命を持ちて敵を打ち滅ぼさん。
斬鬼丸　待て！　これはあいつの……
暁　絶！

遠藤は暁の攻撃を『童子切り安綱』で受け止め地面に突き刺す。

暁　逸らして致命傷は避けたか。しかし、これで勝負あったな。
遠藤　くくく……　待っていたぞ。巨大な力を。
暁　ん？
遠藤　これが何かわかるか？

『童子切り安綱』に六角形の板が突き刺さっている。

暁　それは⁉
遠藤　そうだ。結界の結び目だ。おまえの先祖が張った強力な結界の核だ。人間の陽の力でしか解くことのできない結界だよ！

刹那が飛び込んで来る。

刹那　待ってくれ！　罠だ‼　これはあいつの罠だ！
斬鬼丸　もう遅い。
刹那　え？
斬鬼丸　ちくしょ～‼　まんまと乗せられちまった……

轟音が鳴り響き、夥《おびただ》しい妖気が辺りを埋め尽くす。

刹那 そんな……

遅れてやって来る雪村と川嶋。

雪村 みんな落ち着くんだ！　落ち着いて……　って、ずいぶん落ち着いてるね。

固唾を呑む一同。

雪村 落ち着いているというより、顔面蒼白って感じ？　どうしたんだよ、みんな怖い顔しちゃってさ……

雪村の後ろに現れる恐ろしい影。

雪村 どうしたの？
刹那 う、うしろ……　うしろ！
雪村 え？

後ろを振り向く雪村。
「シオン」の復活である。

雪村　ど、どうも……
シオン　……
雪村　どちら様？
シオン　……
雪村　……ひょっとして、あなた？
刹那　そうだ！　シ……
川嶋　神様だ！
雪村　え？
川嶋　ほら、言った通りだろ！
雪村　あ！
シオン　よくこの人間を連れて来てくれた。ご苦労だったな。
川嶋　は、はい。わぁ、神様に誉められちゃった。
雪村　バカ！　あれが神様なわけねーだろ！
川嶋　え？
雪村　おまえは悪い奴に利用されたんだよ！
川嶋　嘘？
雪村　俺達を利用するために川嶋の夢の中に現れたんだな！

川嶋　俺、やっちゃった？
雪村　ああ。思いっきりやっちゃったよ。でも、なんで俺達を？
斬鬼丸　おまえらはおまけだ。連れて来させたかったのはあいつさ。
雪村　悟を？
斬鬼丸　あの人間は真田幸村の血を受け継いでいるんだろう。
雪村　え⁉
斬鬼丸　じゃなけりゃ、あの妖刀をあそこまで使いこなせるわけがねぇ。
シオン　察しが良いな斬鬼丸。この人間は四〇〇年前におまえと共に我を封印した真田幸村の末裔よ。この結界を破るには人間の強い力が必要だったのでな。真田幸村と結界師の子孫を利用させてもらった。
斬鬼丸　幸村の子孫が宿敵の手下になっちまうとは……
シオン　おまえにも随分痛い目に合わされたな。
斬鬼丸　あ……　いや、あの、それがさぁ、あの後、俺も封印されちまってさ……　だから、痛み分けってことで……　ね！
シオン　恩を忘れて裏切りおって。
雪村　え？
シオン　許しはせぬぞ。
斬鬼丸　交渉の余地なしってか。んじゃ、やるしかねーな！
シオン　ふふふ。四〇〇年前とは事情が違うぞ。おまえの切り札はこちらの手の内にあるのだからな。

シオンの傍らに立っている遠藤。

斬鬼丸 うっせえ。幸村ならここにもいるぜ。

雪村 え。

斬鬼丸 血は繋がってないが名前が一緒だ。

雪村 ど、どうも。雪村数馬です。

シオン ククク。

雪村 笑われちゃったじゃないか！

斬鬼丸 おまえが弱っちいからだ。

雪村 何を！

暁 引っ込んでいろ！　こいつの相手は俺だ。

斬鬼丸 よせ！　てめえ一人で手に負える相手じゃねぇ。嫌だが、ここは手を……

暁 俺が殺るっ!!　バケモノの手助けなどいるか!!

暁の目は常軌を逸している。

雪村 今は人間とか妖怪とか関係ないでしょ!!　あいつは共通の敵なんだから！

暁 バケモノは全て敵だ。

暁は構わずシオンとの戦いを始める。

雪村　あ～!!　どうする斬鬼丸？
斬鬼丸　あいつが戦っているうちに、隙を見て逃げる。
雪村　そんな！　あ、そうだ！

携帯を取り出す雪村。

雪村　くらえ！
斬鬼丸　イテテテテ!!

シオンに影響はない。

川嶋　何やってんだ、おまえ？
雪村　あれ？
斬鬼丸　俺を殺す気か!!
雪村　やっぱ、斬鬼丸にしか効かないのか。

暁が攻撃を繰り出すがシオンには全く通じない。

暁　バカな……
斬鬼丸　ありゃりゃ。隙も作れねえか。

シオンの強力な妖術が暁を襲う。
結界で防ぐが、あっさりと突き破られる。

雪村　斬鬼丸、暁さんを援護してやれよ！
斬鬼丸　あいつはひとりでやるって言ったんだ。

雪村は携帯を斬鬼丸に向ける。

雪村　助けろ！
斬鬼丸　出た……
シオン　他愛もない。

シオンに追い詰められる暁。

暁　……なんだこれは……　人生を犠牲にし、辛い修行に耐えてきたのは、全て無駄だったというのか……
シオン　消えろ。

斬鬼丸がシオンの攻撃を受け止める。

暁　な！
斬鬼丸　くたばるなら結界を解いてからにしろ。逃げられねーだろ！
シオン　信じられんな。おまえが人を助けるとは……
斬鬼丸　俺だって好きでやってんじゃねー!!　あいつのせいだ！

シオンの鋭い眼光が雪村を捉える。
と同時に斬鬼丸の体が軋む。

斬鬼丸　ぐ……
シオン　なぜ破滅の道を歩む。

シオンの攻撃が斬鬼丸をふっ飛ばす。

シオン　もうもたぬぞ。
雪村　え？
川嶋　何か手はないの？
斬鬼丸　ねえ。

川嶋　仕方ない……　ならば俺が！
雪村　バカ！　よせっ!!
川嶋　元は俺のミスだ。責任を取る！

川嶋はバッグに手を伸ばすが、そこにバッグはない。

川嶋　すいません。なんでもありません……
雪村　俺ナイス判断！
遠藤　あとは俺が。

遠藤が刀を構える。

雪村　悟、やめろよ！　おまえはあの真田幸村の子孫なんだって。すごいじゃないか！　俺なんかより全然すごいよ。だから、そんな奴の言うことなんて聞くなよ。
遠藤　血筋がなんだ。それが俺を助けてくれるのか？　力が欲しいんだよ。数馬に負けない力が！
刹那　絶体絶命だ……

逃げようとする刹那の前に現れる毘沙焔とひとつ目。

刹那　な、なんでっ⁉

77　モンスターボックス

毘沙焔　ここに居たか。
ひとつ目　おお～、いいとこっぽいなぁ。
斬鬼丸　毘沙焔！　ひとつ目！　おめーらどうしてここに⁉
毘沙焔　久しぶりだな斬鬼丸。
ひとつ目　どうだ。目覚めの気分は？
斬鬼丸　シオンにやられたんじゃなかったのか？　いや、そんなことはどうでもいい‼　おまえらがいれば百人力だぜ。見ての通りシオンが復活しちまった。手を貸してくれ！

二人は不敵な笑みを浮かべシオンに近づいて行く。
遠藤は矛先を毘沙焔とひとつ目に向ける。

シオン　待て！

シオンの目の前で立ち止まるひとつ目と毘沙焔。

毘沙焔　毘沙焔、馳せ参じました。
ひとつ目　同じく、ひとつ目。
シオン　良いところに来た。あの者共を始末してくれ。
二人　御安い御用。
斬鬼丸　うっそ～ん！

川嶋　毘沙焔とひとつ目が向こうに付いたか。絶望的だな。
雪村　そういうことばっかり冷静に判断すんな！

対峙する斬鬼丸とひとつ目・毘沙焔。

斬鬼丸　どういうこった？
毘沙焔　こういうことだ！

炎を放つ毘沙焔。

斬鬼丸　ぐわ！　あちちちち……
ひとつ目　おいおい、寝起きにはきついんじゃないか？
斬鬼丸　なぜシオンに付く！
ひとつ目　強いからさ。おまえよりもな。
毘沙焔　死にたくはなかろう。
斬鬼丸　そうだよな。バケモノはそうなんだ。しかたねえ、こうなったらまとめてぶっ倒してやるぜ!!

斬鬼丸は見得を切る。

斬鬼丸　闇より生まれしこの体……

　　　毘沙焔とひとつ目が構える。
　　　啖呵を早めるが最後まで言い切る前にやられてしまう。

斬鬼丸　もう嫌……
雪村　悟、いいのか！　こんな奴らと一緒にいて!!　おまえもバケモノになっちまうんだぞ！
遠藤　おまえの口車には乗らないよ。
毘沙焔　まとめて灰にしてやろう。金剛車炎葬《こんごうしゃえんそう》！

　　　毘沙焔が炎を放つ。
　　　その炎に符を孕ませ、大爆発を起こす暁。

毘沙焔　なっ!!
ひとつ目　てめー、何してんだ！

　　　混乱する一帯。

暁　今のうちに逃げろ！
一同　え？

暁　一旦引けと言ってるんだ!!

一同は散り散りに逃げる。

毘沙焰　あの者、俺の炎を手玉に取りおって……追え。

シオン　遠藤、毘沙焰、ひとつ目は追って行く。

シオン　ククク。

シオンの笑いが鳴り響く。

【シーン　8】

斬鬼丸が逃げて来る。

斬鬼丸　くそ。力が戻らねえ。俺はいったいどうしちまったんだ……

がっくりと腰を下ろす。

ひとつ目が追って来ている。

ひとつ目　じゃあ、戦えよ。
斬鬼丸　復活してから逃げ回ってばっかだな。俺らしくねぇ。
ひとつ目　さあ、やり合おうぜ。
斬鬼丸　ゲッ！
斬鬼丸　てめーごときに負けはしねえが今は力が出ないんだ。本調子になったらってことで、あばよ！

斬鬼丸は逃げ出す。
が、そこへ現れる毘沙焔。

毘沙焔 今一度、おまえと勝負したい。
斬鬼丸 ちょっと待て！ おかしいって！ なんで二人揃って俺を追って来ちゃうわけ？ 散れよ！ 散って追いかけろよ！
毘沙焔 おまえと戦いたいのだ。
ひとつ目 俺だってそうさ。
斬鬼丸 人気者は辛い……
毘沙焔 おまえを灰にして、俺の強さを改めて証明する。
ひとつ目 待て待て、こいつをぶっ殺すのは俺の役目だぞ！
斬鬼丸 調子に乗りやがって。格の違いってのを教えてやるぜ!!
毘沙焔 やっとその気になったか。では、参る。
ひとつ目 こらぁ！ 俺がやるって言ってるだろ！
毘沙焔 おまえでは力不足だ。
ひとつ目 そりゃてめーだろ！

二人は揉め始める。

斬鬼丸　そういや、おまえらいつも揉めてたもんな。それも長いんだ。じゃあ、俺は行くぞ。

斬鬼丸は去って行く。

いなくなった斬鬼丸に気づく二人。

二人　……

【シーン　9】

川嶋と刹那が逃げて来る。

刹那　やべーよ！　毘沙焰とひとつ目まで……
川嶋　まぁまぁ。
刹那　しかも、もっとやばいことに斬鬼丸の兄貴とはぐれちまった。
川嶋　まぁまぁ。
刹那　そして一番やべーのはおまえと一緒ってことだ！
川嶋　まぁまぁ……　って、失敬だな！　刹那だって逃げてばっかりじゃないか！
刹那　てめー!!　って、そうだよな……　俺、また逃げようとしちまった。ちくしょう！　なんて意気地なしなんだ!!　どうして向かっていけないんだよ!!
川嶋　仕方ないよ。君の鎌ではあの大妖怪たちは倒せない。例えるなら、ナイフ一本で戦車に向かっていくようなものだ。
刹那　そこまでじゃないだろう……
川嶋　いや、むしろ過大評価だ。ナイフどころか爪楊枝かもしれない。
刹那　……

川嶋　自分をちゃんと受け止める。それが大事なんだ。
刹那　おまえ、むかつくな。言っとくけど、おまえより俺のがよっぽど強いぞ。
川嶋　それは魚が人間に向かって、俺のが泳ぎが上手いぜって言ってるようなもんだ。ぜんぜん悔しくない。
刹那　あったまきた！　コテンパンにしてやる！

そのとき刹那の首に刃が突き付けられる。

遠藤　俺の友達に何するんだ？
刹那　う……
川嶋　遠藤。
遠藤　俺はこんなのすら怖がっていたのか。ふふふふ……
川嶋　連れて来なければ良かった。
遠藤　ん？
川嶋　スノボーに行かせるべきだった。責任を感じるよ。
遠藤　川嶋のせいじゃないさ。これはシオンの仕組んだこと。それに、俺はここに来て本当に良かったと思っているんだよ。数馬なんか比じゃない、圧倒的な力を手に入れたんだ。川嶋には感謝してる。
川嶋　どうして雪村と比べるんだ？　勉強やスポーツで負けたからなんだ？　人として遠藤は雪村に負けてないだろ？

遠藤　それをどうやって判断するんだ？　結局は個人の成績で判断するんじゃないか！　違うか？

川嶋　じゃあ、俺と比べろよ。遠藤は俺よりよっぽど優秀じゃないか。

遠藤　……

真剣に向き合う遠藤と川嶋。

遠藤　だったら、川嶋もこっち側に来い。

川嶋　！

遠藤　シオンに力をもらえよ。おまえの大好きな妖怪にもっともっと近づけるぞ。そんなちっぽけな妖怪なんか目じゃないぞ！　な、川嶋。

川嶋は遠藤に近づいて行く。

刹那　おい！

遠藤　ふふふふ。

川嶋　断る。

遠藤　な……

川嶋　俺は自分の力で自分の人生を生きるんだ。それに刹那はちっぽけじゃないぞ。美しい鎌を持つ立派な妖怪だ。

刹那　おまえ……
遠藤　そうか……　残念だよ。川嶋ならわかってくれると思ったんだけどな。
川嶋　まだ引き返せる。
遠藤　じゃあな。

遠藤は去って行く。

川嶋　……
刹那　見直したよ。
川嶋　わかった？　俺のカッコ良さが。今までの無礼は許してやるから、今後は二度とその刃を俺に向けるんじゃないぞ。
刹那　こいつ……
川嶋　とにかく、斬鬼丸か暁さんに合流しないと危ない。今のが毘紗焔やひとつ目だったら死んでるよ。
刹那　確かにな……　とりあえず数馬の匂いを追おう。
川嶋　雪村じゃ意味ないだろ。
刹那　しょうがないだろ人間しか嗅ぎ分けられないんだから。
川嶋　だったら暁さんにしろよ。
刹那　俺、あいつ好きじゃないんだよ。それに、数馬と斬鬼丸の兄貴は一緒にいる気がするんだ。
川嶋　何で？

刹那　なんかわからないけど、そう思うんだ。
川嶋　ふ～ん。
刹那　さあ、行くぜ。

匂いを嗅ぎながら去って行く刹那。
川嶋はついて行く。

【シーン 10】

雪村が暁を支えながらやって来る。

雪村　大丈夫？
暁　ああ。
雪村　あのシオンとかいうの、メチャクチャな強さだな。突然現れた妖怪も強そうだったし、参ったなぁ……
暁　……
雪村　次から次へとすごいことばかり起きて……　はぁ、夢であって欲しい。
暁　情けないな……
雪村　え？
暁　妖怪を倒すことだけに人生を費やしてきたのに、こうも役に立たないとは。
雪村　そんなことないよ。十分過ぎるほど戦ってるじゃないか！　情けないのは俺だよ。何も出来ない。悟を連れ戻すことも……
暁　どうしたものか。
雪村　とりあえず、斬鬼丸たちを捜そう。

暁　捜してどうする？
雪村　一緒に戦うんだよ。
暁　人間と妖怪がか？　バカを言うな。
雪村　どうして。四〇〇年前は妖怪と人間が手を組んでシオンを封印したんだよ。
暁　……
雪村　今は力を合わせるべきだよ。
暁　力を合わせれば勝てるという相手じゃない。
雪村　でも、バラバラよりましだよ！

暁は移動を始める。

雪村　どこに行くの？
暁　結界の結び目だ。
雪村　それで？
暁　この結界を解く。
雪村　え？
暁　今の状況ではどうにもならない。一度引く。そして策を練る。
雪村　ちょっと待って。そしたらあいつらも外に出られるってことだよね？
暁　ああ。
雪村　そしたら多くの犠牲者が出るよね？

暁　ああ。
雪村　ダメだ！　結界を解いちゃダメだ。
暁　この結界を解かなければ俺達が殺される。わかってるのか？
雪村　でも……
暁　おまえ、この状況で他人を心配するのか？
雪村　他人じゃないよ。家族や友達がいるでしょ。それに、今、悟を見失なったら、あいつは二度と戻ってこない。そんな気がするんだ。
暁　……
雪村　俺達だけでなんとかしよう！　斬鬼丸もいるし、暁さんもいる。俺も出来ることを頑張るから！　ね！
暁　言っておくが、シオンが相手ではこの結界もどこまで持つかわからないぞ。
雪村　じゃあ、早く手を打たないと。
暁　……
雪村　希望を捨てずにがんばろう。ね！
暁　……わかった。しかし、やばくなったら俺は構わず逃げる。それでいいな。
雪村　ありがとうございます!!　よ〜し、やるぞぉ！　みんなで力を合わせて……って、みんな無事かなぁ？　そうだ！　電話すればいいんだ。ちょっと刹那に電話してみるね。
暁　電話？
雪村　あいつ妖怪なのに携帯持ってんの。おかしいでしょ？
暁　ふっ、あいつなら持っていても不思議じゃないな。

雪村　妖怪も悪い奴ばっかじゃないと思う。
暁　……

雪村は電話を掛ける。
すると、苦しみながら現れる斬鬼丸。

斬鬼丸　イテテテテ！
雪村　斬鬼丸！
斬鬼丸　てめえはまたそれをぉ……
雪村　あ、刹那！　良かった。無事だったんだな。そうか、川嶋も。こっちは暁さんと斬鬼丸も一緒だよ。俺の匂い分かるだろ？　ここで待ってるから。

雪村は電話を切る。

雪村　無事だったんだな。
斬鬼丸　今、無事じゃなかったよ。
暁　どうしたんだ？
雪村　こいつね、携帯の電波に弱いんだよ。
暁　は？
斬鬼丸　こらぁ！　敵に弱点を教えるんじゃない！　おまえはアホか！　ボケ！　ぶっ殺すぞ‼

雪村は携帯を向ける。

斬鬼丸　な～んて、嘘だよぉ。素敵な雪村くぅ～ん！
暁　はっはっはっは！　なんてことだ。斬鬼丸ともあろう妖怪が携帯電話に敵わないとはな。
斬鬼丸　う……
暁　ますます自分がバカらしい。
雪村　暁さん。
斬鬼丸　おまえも持ってるのか？
暁　残念ながら持っていない。これからは持つとするよ。どこのがいいんだ？
雪村　僕はドコモだけどいまいちなんだよね。お勧めはソフトバンクかな。
斬鬼丸　何の話をしてんだ！　んなことより、この結界を解けよアホ結界師!!
雪村　そんなことしたら、あの凶悪な妖怪たちが逃げちゃうだろ。
斬鬼丸　逃げてるのは俺達だ！
雪村　おまえは最強の妖怪じゃなかったのかよ？　さっきから、全然そんな風に見えないぞ。
斬鬼丸　んだと！　俺があの妖怪共を一人で引き受けてんだ！　わかってんのか!!
雪村　あの二匹の妖怪より斬鬼丸のが強いんだろ？
斬鬼丸　あたりめーだろ！　でも、今は本当の強さの半分もでない。
雪村　何で？
斬鬼丸　それがわかんねーから困ってんだよ!!　たく……

95　モンスターボックス

雪村　じゃあ聞くけど、本当の強さの斬鬼丸とシオンが戦ったら、どっちが強いんだ？
斬鬼丸　あいつはすっげー妖術を使うんだよ。
雪村　斬鬼丸も使えばいいだろ。
斬鬼丸　俺は妖術は苦手だって言ったろ！
雪村　結局、シオンのが強いんだろ？
斬鬼丸　殴り合いなら俺のが強い。
雪村　たく……　とりあえず、刹那と川嶋を待とう。

三人は腰を下ろす。

雪村　なあ、斬鬼丸。
斬鬼丸　あ？
雪村　どうして四〇〇年前はシオンと戦う気になったんだよ。
斬鬼丸　……
雪村　おまえの性格だと、そういう面倒なことは避けるような気がするんだけど。
斬鬼丸　あいつとは因縁があるのさ。
雪村　因縁？　どんな？
斬鬼丸　どうだっていいだろ。
雪村　さっきシオンが言ってたよね。恩を忘れて裏切ったって。もしかして、シオンの仲間だったのか？

斬鬼丸　ふざけるな！　仲間なわけねーだろが！
雪村　じゃあ、どういう意味なんだよ。
斬鬼丸　……
雪村　シオンと仲間だったけど真田幸村によって更生させられた。それで過去を清算するために戦った。図星だろ！
斬鬼丸　的外れもいいとこだ。
雪村　じゃあ、なんだよ。
斬鬼丸　おまえもしつこいな。そんなのどうだっていいだろう。
雪村　知りたいんだよ。それに、なぜ真田幸村はおまえを裏切ったんだ？
斬鬼丸　そんなことより、これからどうするか考えろ！　とっとと逃げないと殺されるぞ。
雪村　おまえには逃げの一手しかないのか！
斬鬼丸　アホ！　シオンを相手に今の状況で勝てるわけないだろ！　向こうは飛車角まで手に入れたのに、こっちは歩ばっかりなんだぞ。
雪村　だからって結界を解いたらあいつらが暴れ回るだろう。家族や友達が殺されたらどうするんだよ。
斬鬼丸　俺の知ったこっちゃねえ。
雪村　それに、悟を正気に戻さないと。
斬鬼丸　ほっとけほっとけあんなの。
雪村　そうはいかないよ。
斬鬼丸　俺達はあいつに殺されかけたんだぞ。

雪村　悟は幼馴染なんだ。ほっとけるわけないだろ。
暁　言い争いはそこまでだ。

遠藤が現れる。

雪村　悟！
斬鬼丸　今度はおまえか。
遠藤　さぞ気分がいいだろうな。友達想いの自分を演じられて。
雪村　悟！　もし俺がおまえを傷付けていたなら謝るよ。だから……
遠藤　数馬。さよならだ。

遠藤が刀を振り上げる。
その瞬間、遠藤に異変が起きる。

遠藤　な、なんだ！　刀が熱い！

咄嗟に『童子切り安綱』を離す遠藤。

遠藤　これはいったい……
斬鬼丸　そりゃそうだろ。そいつは妖怪に仇なす刀だ。妖怪に使えるわけがねえ。

遠藤　なに……
雪村　さ、悟……　おまえ……　そのおでこ……

遠藤の額には角が生えている。

遠藤　なんだ、これは……
斬鬼丸　おまえは妖怪になっちまうんだよ。
遠藤　そ、そんな……　そんなバカな!!
雪村　落ち着け悟。大丈夫だ！
遠藤　何が大丈夫なんだ!?　嘘だろ。そんな……
雪村　暁さん、どうしたらいいんだ？
暁　……
遠藤　うぉぉぉ〜!!　みんな、みんな殺してやる！

符を取り出す暁。

雪村　やめてくれ！
暁　やらなければ、やられる。
雪村　でも……

遠藤が襲い掛かる。
斬鬼丸のカウンター攻撃が決まる。

雪村　やめろ！
斬鬼丸　こいつは敵なんだよ！
雪村　あれ……

斬鬼丸と遠藤が似ていることに気付く。

遠藤　うわぁ～!!

苦しみながら逃げ去って行く遠藤。

雪村　悟～!!

雪村はがっくりと肩を落とす。

雪村　どうすりゃいいんだ。どうすれば……
斬鬼丸　結界を解け。そして逃げる。もうそれしかない。
雪村　悟、おまえと似てた。

斬鬼丸　！
雪村　おまえ、もしかして……
斬鬼丸　なんだ？
雪村　シオンとの因縁って……　裏切り者って……
斬鬼丸　……
雪村　おまえは悟と同じなのか？
斬鬼丸　……
雪村　そうなのか？　シオンの力をもらって妖怪になったのか？
斬鬼丸　……
雪村　なぁ！　答えろよ！　そうなのか⁉

斬鬼丸の表情が強張る。

斬鬼丸　そうだよ。だからなんだ。
雪村　！
斬鬼丸　文句あんのか！
雪村　なんでだよ？　なんで妖怪になんかなっちゃったんだよ。なんであんな奴に力をもらったんだよ。
斬鬼丸　もう昔のことすぎて覚えてねぇ。まあ、人間に恨みを持って生きていたのは確かだ。憎くて憎くてしかたなかった。それは覚えているよ。

雪村　……
斬鬼丸　どうした？　俺が敵に見えてきたか？
雪村　……
斬鬼丸　まあ、初めからおまえとは仲間じゃねーけどな。なんたって俺は人間の敵、バケモノだからな。おまえの友達と一緒のな。
雪村　一緒にするな!!　悟はバケモノなんかじゃねえ！　おまえとは違うんだよ。
斬鬼丸　殺されかけたのによくそんなことが言えるな。
雪村　……
斬鬼丸　あいつはいっぱい人を殺すぜ。

『童子切り安綱』の切っ先を斬鬼丸に向ける雪村。

雪村　消えろよ、バケモノ。
斬鬼丸　そうかい。そりゃ、せーせーするぜ。

じっと見合う雪村と斬鬼丸。

斬鬼丸　あばよ。

斬鬼丸は去って行く。

暁　いいのか？

雪村の表情は重い。

雪村　それより、悟を元に戻す方法は？　人間に戻れるよね？
暁　わからん。
雪村　暁さん！
暁　完全に妖怪化する前にシオンを倒すことが出来れば、もしくは……
雪村　……

刹那と川嶋がやって来る。

刹那　ほらいた。俺の鼻はすげえだろ。
川嶋　取り柄はあるもんだ。
刹那　いちいちむかつくんだよなぁ……
雪村　良かったよ無事で。
刹那　げっ、結界師！

咄嗟に身構える刹那。

雪村　今は仲間同士で争ってる場合じゃないだろ！
刹那　俺がこの結界師と仲間!?　バカ言うな！　俺の仲間は斬鬼丸の兄貴……って、斬鬼丸の兄貴はどこだ？　一緒だって言ったよな。
雪村　あいつとは手を切った。
刹那　は？
雪村　あんな奴、仲間じゃねーよ！
刹那　バカ言ってんじゃねーぞ！　斬鬼丸の兄貴がいなかったら、俺達なんてあっという間に殺されちまうぞ。わかってんのか？
雪村　でもあいつは！
刹那　なんだよ？
雪村　信用出来ないんだ。
刹那　……何があったんだ？
雪村　……
刹那　俺、おまえと一緒にいる斬鬼丸の兄貴を見てて思ったんだ。真田幸村と組んでた時みたいに生き生きしてるって！　なのに、どうしたんだ？
雪村　……
刹那　何があったにしろ、斬鬼丸の兄貴がいなくちゃ俺たちに勝ち目はないぞ。
川嶋　どんどんやばい状況に追い込まれていきますなぁ。

重たい空気に包まれる。

暁　斬鬼丸は力が出ないと言っていた。なぜだと思う?
雪村　嘘ですよ。見栄を張ってるだけさ。
暁　いや、あいつは確かに力を出せていない。
雪村　え?
暁　毘沙焔、ひとつ目、どちらも恐ろしく強い。
雪村　ああ。
暁　しかし、あいつらより斬鬼丸のほうが強いんだよな、鎌鼬?
刹那　あったりまえだ。どっちも兄貴の強さには手も足も出なかったんだから。
暁　だとしたら、今の斬鬼丸は弱すぎる。
雪村　どうして?
暁　あいつは人間に対する恨みや憎しみ妬みといった、強い負の感情をシオンによって力に変えてもらった。
刹那　え⁉
暁　しかし、今のあいつからはそういったものが全く感じられない。そう思わないか?
雪村　確かに……
暁　おそらく、真田幸村と出会い、そしてまたおまえと出会い、人間の良さというものを感じてしまっているんだろう。
刹那　そういえば、真田幸村とつるみだしてから丸くなったもんな。

暁　そのために力の源をなくしてしまった。
雪村　それで力が出せないの？
暁　それだけでは済むまい。
雪村　え？
暁　シオンは言っていた。斬鬼丸に、「もう、もたぬぞ」と。
雪村　どういうこと？
暁　完全に力を失ってしまうと、妖怪に変化した体を保つことが出来ないのだろう。
雪村　本当ですか？
暁　妖怪とはそういうものだ。
雪村　そんな……
刹那　まずいぞぉ。俺は数馬が真田幸村と重なって仕方がない。それは斬鬼丸の兄貴も感じているはずだ。
川嶋　じゃあ、良かったじゃないか。雪村が斬鬼丸とケンカしてくれて。
雪村　……
刹那　参ったなぁ。このままじゃ勝ち目はない。でも兄貴が戦いに参加したら消滅してしまう。ああ～　困ったぞ。困ったぞ～

それぞれの表情は重い。

【シーン11】

力なく歩いて来る斬鬼丸。

斬鬼丸　これでいいんだ。あんな奴と一緒にいるとろくな目に遭わねえ。にしても、この結界が解けないと逃げるに逃げられねえなぁ。はぁ～、まいった……

幸村　ずいぶん浮かない顔をしてるな。

斬鬼丸の前に現れる幸村の幻想。

斬鬼丸　あ？
幸村　おまえらしくもない。
斬鬼丸　ば～か！　すげえ大変な目に遭ってんだよ。シオンは復活しちまうし、毘沙焔もひとつ目も、おまえの子孫までシオンの手下になっちまうし、半端じゃなく痛い目に遭ってんの。わかってんのか？
幸村　面目ない！
斬鬼丸　困ったもんだぜ。

幸村　しかし、今度こそシオンを倒すんだろ？

斬鬼丸　バカを言うな。俺はもうシオンとやりあうのは懲り懲りだ。

ほほ笑む幸村。

幸村　戦えよ斬鬼丸。おまえがシオンの強さに屈するのは耐え忍びない。

斬鬼丸　またそれか。それにまんまと乗せられちまったのが俺の不幸の始まりだったんだ。

幸村　だが、強いと思い込んでる奴の鼻っ柱をぶち折ってやるってのは気分が良いだろ。

斬鬼丸　そりゃぁな。

幸村　おまえならシオンを倒せる！　日の本最強の妖怪斬鬼丸なら！

斬鬼丸　あったりめーだろ！　この俺様がシオンごときに遅れをとるかよ！　だけどよぉ、力が出ないんだ……力が……

幸村の姿はもうない。

斬鬼丸　……泣き言なんて俺らしくないな。わかったよ。やってやるよ！　どっちにしろシオンはぶっ倒さなくちゃならない相手だ。つーことは、あの結界師の力が必要になるってこった。こりゃ問題だな。あの妖怪嫌いをどうやって丸め込む……　う～ん困ったぞ。どうしよう……

斬鬼丸は引き返す。

【シーン　12】

暁　斬鬼丸には酷な話だが、やはり奴に協力してもらう。
雪村　そしたら消滅しちゃうんでしょ？　俺達だけでどうにかならないかな？
暁　無理だ。
雪村　そんなにシオンと俺達に差があるの？
刹那　相当な差だよ。
川嶋　川嶋スカウターで強さを数字に表すと、シオンの戦闘力が８０００。毘沙焔７８０、ひとつ目７５０、遠藤が１０００と言ったとこだろう。それに比べて、こちらは暁さんが６００、雪村１５、
雪村　低いな！
川嶋　俺１２、刹那3と言ったとこだろう。
刹那　なんで俺がおまえらより下なんだよ！
川嶋　君は戦わずして逃げる可能性大だろ。
刹那　この野郎……
雪村　でも、斬鬼丸どっか行っちゃったし、今さら協力なんてしてくれないよ。
川嶋　プライド高そうだもんな。

暁　それでも協力してもらうしかない。鎌鼬、居場所は分からないのか？
刹那　鎌鼬、鎌鼬って、俺の名は刹那だ！　それに兄貴の匂いはわからない。見付けるのは……

目に入る斬鬼丸の姿。

刹那　見付けました！

目を疑う一同。

斬鬼丸　よう、下僕共！　何を揉めているんだい？　この俺様がいなくて不安なんだな。情けない奴らよ。
川嶋　自分から戻って来ちゃったよ。
刹那　プライドもなにもあったもんじゃないな。
斬鬼丸　あ？
川・刹　いえ、別に。
雪村　斬鬼丸。良かった戻ってくれて。俺、おまえに……

暁が雪村の言葉を遮る。

暁　貴様は我らにとって憎き敵だ。

一同　！
暁　しかし、悔しいがシオンを倒すにはおまえの力がいる。
斬鬼丸　そりゃそうだろ。てめえら雑魚だけでシオンを倒せるわけがねえ。
暁　おまえだってシオンを倒したいはずだ。でなけりゃ、ずっとシオンの手下だからな。
斬鬼丸　んだと！
暁　俺は復活させた責任を取るためにシオンを倒す。雪村は仲間を取り戻すためにシオンを倒す。おまえは最強になるためにシオンを倒す。本意ではないが、今は共通の敵に向け手を組むのが常套《じょうとう》！　どうだ？
斬鬼丸　ん、んん……
暁　シオンを倒した後、改めて決着を付けようじゃないか。
斬鬼丸　そうだな。とりあえず俺の下僕にしてやるぜ。
暁　ということだ。嫌だろうが皆我慢してくれ。
一同　ああ。
斬鬼丸　（一人言で）なんかよくわからんが、トントン拍子にことが運んだな……
雪村　暁さん。
暁　こうするしかない。
雪村　……

川嶋が斬鬼丸に近づく。

川嶋　光栄だなぁ。斬鬼丸さんに会えるなんて。あの、携帯の番号を教えてください。
斬鬼丸　うお～!!

斬鬼丸は川嶋の携帯をへし折る。

川嶋　あ～!!
斬鬼丸　あぶねえ……
雪村　斬鬼丸は携帯が嫌いなんだよ。
川嶋　早く言ってくれよ……
雪村　で、どうする？　四〇〇年前はどうやってシオンと戦ったの？
斬鬼丸　それなんだが、まずシオンを倒すにはその刀の力が必要不可欠だ。しかし、幸村の子孫は向こうへ行っちまった……
刹那　数馬はその刀を使えないのか？

雪村は『童子切り安綱』を手に持つ。
そして刹那に向かって構える。

刹那　おい！　こっちに向けるな!!
暁　振ってみろ。

雪村は刀を振るが全く様にならない。

川嶋　おまえ寒いぞ……
雪村　うるせえ！　こいつ、重心がおかしいんじゃないか？
川嶋　なんでもこなせるおまえが刀ひとつ振れないなんてな。
斬鬼丸　そいつは妖刀だ。持ち手を選ぶ。
刹那　遠藤ってのは手足のように扱ってたのに。
雪村　う……
川嶋　ちょっと俺に貸してみろ。

川嶋に刃を向けて渡す。
思わず刃を掴んでしまう川嶋。

川嶋　うぎゃぁ～!!　って、キレテナ～イ！
刹那　古いな！
斬鬼丸　四〇〇年も前の刀だぞ。錆付いちまって斬れるわけねーだろ。
川嶋　でも、遠藤は……
暁　妖怪を斬るのは刃ではない。その刀の邪を討つ力だ。
川嶋　ということは、とにかくこの刀を相手に当てられればいいわけだ。

刀を振る川嶋。
即座に腰を痛めてしまう。

川嶋　うぐぐ、腰をやっちまった……

刹那　おまえは老人か！

暁　数馬。幾分でもその刀を扱えるようにならねば、こちらに勝機はないぞ。

雪村　やってやるさ！

雪村は『童子切り安綱』を振り回す。
が、不恰好でとても使いこなしているようには見えない。

刹那　こりゃ、ダメだ……

斬鬼丸　全然なってねーな。なんだそのへっぴり腰は！

雪村　うるせえ！　そう簡単じゃないんだよ。

斬鬼丸　貸してみろ！　こうやるんだ！

斬鬼丸は刀を握る。

斬鬼丸　あちちちちちち!!

雪村　ほんとにバカだろ。

斬鬼丸　このクソ刀がぁ！
川嶋　暁さんはこの刀を扱えないの？
斬鬼丸　そりゃダメだ。こいつは呪印法を使わないといけないからな。
暁　だろうな。
雪村　呪印法って？
暁　妖術を封じる法だ。
刹那　そんなのあんの⁉　そりゃすげーな！　シオンの強さはなんてったってあの強力な妖術だ。それを封じられれば十分勝ち目はあるぞ。
斬鬼丸　もちろん使えるよな？
暁　あたりまえだ。
雪村　なるほど！　殴り合いだったら斬鬼丸のが強いって言ってたもんな。
暁　しかし、その間、俺は戦いに参加できない。お前たちだけで戦ってもらうことになる。それに相手がシオンとなるとどれだけ持つか……
雪村　大丈夫だよ。俺と斬鬼丸で……

斬鬼丸と顔を合わせる雪村。

雪村　このアホ面のダメダメ妖怪と俺でシオンを倒す。足を引っ張るなよ、ブタ野郎!!
斬鬼丸　なにいきなり切れてやがんだ！　そりゃてめーだろが！　今ここでおまえを八つ裂きにしてやろうか。

川嶋　ちょっと雪村君、やり過ぎだよ!!　仲間割れしたら意味ないだろ。
雪村　ああ、そうか……
斬鬼丸　それと言っておくが、俺とおまえじゃシオンを倒せたとしても完全に消滅させることは出来ない。
雪村　どういうこと？
斬鬼丸　四〇〇年前、俺と幸村はシオンを倒した。しかし、あいつはこの世に渦巻く様々な思念が生み出した妖怪。俺達みたいに形あるものが変化したわけじゃない。実体を倒しても思念は残る。その思念を消し去らない限りシオンは必ず甦る。
雪村　思念を消し去るにはどうしたらいいの？
暁　破邪滅界陣《はじゃめっかいじん》か。
斬鬼丸　そういうこった。あのとき結界師がそいつを使えてれば俺達の完全勝利だったのによ！
雪村　暁さんは使えるの？
暁　ああ。
雪村　さっすが！　やっぱ暁さんはすごいぜ!!
暁　だが、今は使えない。
雪村　え、どういうこと？
暁　破邪滅界陣は特殊な結界を張り、その結界内の全ての邪気を打ち払う術。そして結界には必ずその結び目になる核が必要だ。しかし、破邪滅界陣の核となる最高法具、魔天凶盤を持ち合わせていない。
刹那　くぅ、惜しいな。

雪村　ちょっと待って！　それ、どっかで聞いたような気がする。
川嶋　確かに。俺もだ。
雪村　割と最近聞いたような……
川嶋　割と最近言ったような……
雪村　そうだよ!!　おまえ持ってたじゃないか！
川嶋　そうだ！　俺、持ってた。
雪村　ナイス川嶋！　おまえが偉大に見える。
川嶋　そうだろ、そうだろ！
雪村　早く出せ！
川嶋　ないよ。
雪村　へ？
川嶋　雪村が置いてけって言ったから置いてきた。
雪村　ガ〜ン！　なんてこった……
川嶋　だから言ったじゃないか。後悔するなよって。
雪村　取りに行くしかないな。
刹那　それが本物という保証はあるのか？
雪村　可能性は低い。
川嶋　なぬ！
雪村　でも、取りに行く価値はある。
暁　危険だぞ。

雪村　シオンを倒すにはその方法しかないんでしょ？　だったら、わずかな可能性でも賭けてみるべきだよ。
暁　わかった。では俺も行こう。
雪村　いや、暁さんは休んでてくれ。だいぶ深手を負ってるでしょ。この後の決戦に向けて少しでも回復してもらわないと。ここは俺に任せて！
暁　わかった。気を付けろよ。
雪村　大丈夫ですよ。コイツもあるし。

雪村は『童子切り安綱』を手にする。

川嶋　まったく使えてないだろ。

行こうとする雪村を止める刹那。

刹那　待てよ。
雪村　え。
刹那　俺も行くよ。
雪村　刹那。
刹那　もしはぐれたりしたら俺の鼻だけが頼りだろ。それに、俺は最後の戦いには役に立てそうにないからな。ここらで活躍しねーと本当に忘れられちまう。

雪村　ありがとう。心強いよ。
刹那　さあ、ぱっと取って来ようぜ。
雪村　ああ。

雪村と刹那は『魔天凶盤』を取りに向かう。

川嶋　俺のバッグを頼むぞぉ～
斬鬼丸　おまえは行かないのか？
川嶋　僕は足手纏いですから。
斬鬼丸　……自分のこと、よくわかってるんだな。

【シーン　13】

雪村と刹那がやって来る。

雪村　この辺だったと思うんだけど……
刹那　数馬は強いな。
雪村　そんなことないよ。本当は怖くて死にそうだよ。でも、俺にはこれくらいしか出来ないだろ。
刹那　本物だといいな。
雪村　でも、川嶋のだからな。
刹那　……期待できないな……

二人は捜し始める。

雪村　刹那。
刹那　ん？
雪村　このまま斬鬼丸を巻き込んでいいと思う？

刹那　え？
雪村　……あいつ自分が消滅する可能性があるってわかってないんだろ。
刹那　そんなこと言ったって斬鬼丸の兄貴の力がなきゃシオンは絶対に倒せないんだぜ。
雪村　でも、斬鬼丸を利用してるみたいで……
刹那　兄貴は自分から戻ってきたんだ。
雪村　！
刹那　それだけ兄貴にもシオンを倒したいって気持ちがあるんだよ。
雪村　……
刹那　兄貴のことを想うなら、なるべく兄貴に近づくな。難しいけど、仲良く仲悪くやるしかないんだ。
雪村　仲良く仲悪く……　もしかしてっ⁉
刹那　あ！　あった‼

刹那は川嶋のバッグを拾う。

刹那　よし、とっとと戻ろうぜ。
雪村　ああ。

そこへ現れるひとつ目と毘沙焔。

ひとつ目　待てよ。
刹那　ゲ！　最悪だ……
ひとつ目　斬鬼丸はどこだ？

雪村が『童子切り安綱』を構える。

雪村　刹那……
刹那　なんだ。
雪村　そのバッグを持って逃げろ！
刹那　え！
雪村　刹那の足なら逃げ切れる。
刹那　数馬はどうすんだ？
雪村　俺はここで、少しでも時間を稼ぐ。
刹那　……
雪村　頼むぜ！
刹那　わ、わかった。
毘沙焔　この鎌鼬、見覚えがあるな。
刹那　！
ひとつ目　ああ、俺達の周りをウロチョロしてた奴だ。なんて言ったたっけ？
毘沙焔　こんな雑魚の名を覚えているわけがあるまい。

ひとつ目　そりゃそうだ。

笑う毘沙焔とひとつ目。

刹那　……いけね。また逃げちまうとこだった。

刹那が雪村にバッグを渡す。

刹那　おまえが行け。
雪村　え？
刹那　俺の方が時間を稼げる。
雪村　バカ言うな！　刹那を見殺しになんか……
刹那　俺は疾風の刹那だ！　一人だったらどうにでもなる。数馬が逃げたのを確認したら俺も逃げる。
雪村　でも、あいつらを相手に……
刹那　俺の速さは妖怪一だぜ。
雪村　……
刹那　行けよ！
雪村　でも……
刹那　俺じゃ無理だってのか？

雪村　違うよ！
刹那　任せてくれよ。
雪村　刹那……
刹那　な！
雪村　わかった。絶対戻って来いよ。
刹那　ああ。
雪村　絶対だぞ！
刹那　ああ！

雪村はバッグを持って必死に走る。

ひとつ目　逃がすか！
刹那　疾風牙！

真空刃を飛ばし、ひとつ目を牽制する刹那。

刹那　俺が相手だ！
ひとつ目　はぁ？　この鎌鼬、頭がおかしいのか？　俺達二人を相手にするってよ。
毘沙焔　ふっ。
刹那　刹那だ。

ひとつ目　は？
刹那　俺は刹那だっ!!

刹那がひとつ目に飛び掛かる。
が、ひとつ目の毒牙が刹那を引き裂く。

刹那　ぐうぅ……
ひとつ目　弱いなぁ。ひひひ……
刹那　くそぉ。
毘沙焔　おまえはこいつと遊んでいろ。俺はあの人間を追う。
刹那　待てよ！

刹那が毘沙焔に飛び掛かる。
が、毘沙焔の業火に焼かれる。

刹那　あ、あぁ……

刹那は崩れ落ちる。

ひとつ目　なんだこいつ？　ダセェ。弱すぎるだろ！　つーか、ある意味面白いよ。天然系っての？

毘沙焔　おまえもちっとは見習えば？
ひとつ目　行くぞ。
　　　　　乗れねーな。

　　　　　　刹那の目に雪村を追おうとする二人の姿が映る。

刹那　ま、待てよ！　待て!!　俺が……
毘沙焔　しつこいな、鎌鼬よ。
ひとつ目　しつこいのは面白くないぞ。とどめをさしてやる。

　　　　　　ゆっくりと刹那が立ち上がる。
　　　　　　その刹那の背中を押すかのようにひと筋の風が吹く。

刹那　忘れるな……
ひとつ目　あ？
刹那　俺は刹那……　疾風の刹那だ～!!

　　　　　　最後の力を振り絞りひとつ目に向かって行く。
　　　　　　しかし、ひとつ目の爪はいとも容易く刹那を貫く。

ひとつ目　バカか、こいつ？
毘沙焔　しかし、あの人間は見失った。
ひとつ目　うぜぇ……

満足感と寂しさが入り混じったような刹那の表情。
そこらじゅうに風が吹き荒れる。

【シーン 14】

雪村と刹那の帰りを待っている三人。
暁は札に字を書き込んでいる。
斬鬼丸は啖呵の練習をしている。

川嶋 あの……
斬鬼丸 ん……
川嶋 啖呵をもっと短くすればいいんじゃないですか？ そのほうがズバっとしてカッコ良いと思いますし。
斬鬼丸 なるほど、確かに！ おまえ、なかなか良いこと言うな！
川嶋 いえいいえ。
斬鬼丸 んじゃあ……

ひとすじの風が吹く。
その風に刹那の死を感じる斬鬼丸。
と同時に駆け込んでくる雪村。

川嶋　おお、戻ったか！　で、俺のバッグは？
雪村　それどころじゃないんだ！　刹那が例の妖怪共と戦ってるんだ。早く助けに行かないと!!
斬鬼丸　もう遅い。
雪村　そんなこと言うなよ!!　まだわからないじゃないか！　頼むよ斬鬼丸!!
斬鬼丸　奴は死んだ。
雪村　なんでそんなことを言うんだよ！
斬鬼丸　わかるんだよ。
雪村　なんで!?
斬鬼丸　風の便りだ。
雪村　ふざけたこと言ってんじゃねーぞ！

雪村は斬鬼丸に摑みかかる。

暁　本当だ。おまえだってわかっているだろう。
雪村　……くそぉ!!　やっぱり逃げるべきじゃなかった。俺はバカだ。刹那、ごめんよ……
川嶋　で、これは本物なの？

バッグから『魔天図盤』を取り出す川嶋。
手に取り確かめる暁。

雪村　本物だよね？　命を掛けて持ってきたんだ。
暁　ほ、本物だ……　おまえ、いったいこれをどこで手に入れた⁉
川嶋　横浜の露店で。いやぁ、一八〇〇円も出した甲斐があったよ！
暁　信じられん……　が、これで戦闘態勢は整った。
雪村　……敵《かたき》は取るからな、刹那……

『童子切り安綱』を握り締める数馬。

斬鬼丸　雪村。はっきり言っておまえに真田幸村の代役は荷が重過ぎる。でも、おまえがやるしかねーんだ。その妖刀で必ずシオンをぶった斬れ。わかったな。
雪村　ああ。
暁　では行くとするか。

先頭を切って歩き出す川嶋。

暁　おまえも来るのか？
川嶋　もちろん。歴史に残る妖怪大戦！　この目で見ないでどうするんですか？
暁　死ぬかもしれんぞ。
川嶋　本望です。

暁　オタクもここまで来るとひとつの才能だな。
川嶋　はい！
雪村　絶対にシオンをぶっ倒してやる!!
暁　その前に手下供だ。そこでやられてしまったら、シオンどころじゃないぞ。
雪村　わかってる。
斬鬼丸　問題ねーよ。三対三だ。一人一殺でいい。だろ？
暁　まあ、それがベストだろう。

気を引き締め、斬鬼丸・暁・雪村がシオンの元へ歩き出す。
川嶋も続くが、ふと立ち止まる。

川嶋　ん！　三対三……　はっ!!　俺、入ってない……　ラッキー!!

ガッツポーズで去って行く。

【シーン 15】

遠藤と毘沙焔・ひとつ目がいる。

ひとつ目 おい、本当に奴らの方から来るんだろうな？
遠藤 来る。
毘沙焔 その根拠は？
遠藤 あいつらはなぜこの結界を解かないと思う？　逃げるなら結界を解くだろう。
ひとつ目 ……確かに。
毘沙焔 我々を閉じ込めているということか。
遠藤 そうだ。あいつらは俺達を倒すつもりなのさ。数馬の考えそうなことだ。
ひとつ目 くぅ、なめやがってぇ！　ギッタンギッタンのケチョンケチョンにして骨まで残さずしゃぶり尽くしてやるぅ!!

興奮しているひとつ目。

遠藤 そのバカ面を近づけるな。

ひとつ目　てめぇ。ぶっ殺されたいのか！

遠藤　寄るなバケモノ！　反吐が出る。

ひとつ目　こいつ、許さねぇ!!

毘沙焔　よせ！

毘沙焔がひとつ目を制す。

毘沙焔　シオンに殺されるぞ。こいつはシオンのお気に入りだからな。

ひとつ目　くそぉ……

毘沙焔　しかし、忘れるなよ。おまえも我らと同じバケモノなのだ。

遠藤　……

ひとつ目　念のためにもう一度言っておくが、斬鬼丸は俺が殺るんだからな！　手を出すんじゃねーぞ！

毘沙焔　わかっている。また揉めてる内に逃げられたら困るからな。俺はあの結界師で我慢してやろう。借りもあるしな。

ひとつ目　おまえも手を出すなよ！

遠藤　ああ。どうせおまえじゃ斬鬼丸には勝てないからな。

ひとつ目　もう我慢できねぇ！　ぶっ殺す。

毘沙焔　来たぞ。

雪村たちが現れる。

ひとつ目　ほんとに来やがった……
毘沙焔　探す手間が省けたな。
ひとつ目　見てろよ。俺の強さを。

対峙する両陣営。

斬鬼丸　お出迎えご苦労！
ひとつ目　斬鬼丸の相手は俺に決まった。
斬鬼丸　あっそ。
毘沙焔　結界師よ。おまえはこの毘沙焔が相手をしてやろう。
暁　貴様を滅殺する。
斬鬼丸　ひとりでも欠けたらシオンは倒せねえ。絶対に負けんじゃねーぞ！
暁　おまえが一番心配だ。
斬鬼丸　ふん。いくぞ！

斬鬼丸とひとつ目、暁と毘沙焔の戦いが始まる。
それぞれ戦いながら散って行く。

雪村　あ、と……　ちょ……

どうしていいかわからずうろたえる雪村。

遠藤　数馬。おまえの相手は俺だ。
雪村　悟、俺達の元に戻って来い！
遠藤　この姿を見ろ。戻れるわけがないだろう。こうなったらみんな道連れだ。
雪村　なんてことを言うんだよ!!
遠藤　決着を付けよう。
雪村　……
遠藤　いくぞ！

遠藤が雪村に襲い掛かる。
必死に逃げ回る雪村。

雪村　く……
遠藤　大きく差がついてしまったな。
雪村　悟、戻って来いよ！　じゃないと恭子に……
遠藤　安心しろ。恭子も道連れだ！

雪村と遠藤の戦い。
しかし、力の差は歴然としている。

遠藤　くくくく……

戦いながら場を去って行く二人。

【シーン 16】

斬鬼丸とひとつ目の戦いは斬鬼丸が押されている。

ひとつ目 どうした？　おまえの力はそんなもんだったか？

斬鬼丸 この野郎、調子に乗るな！　この俺様を誰だと思ってやがる。

斬鬼丸は見得を切る。

斬鬼丸 闇から、あっ、俺のぉ〜　ことよぉ〜!!

ひとつ目 ……何が？

斬鬼丸 だよな。俺もしっくりこないもん。やっぱこれ全然ダメだ。

ひとつ目 じゃあ、死ね！

ひとつ目の攻撃。
反撃したいが体が思うように動かず押されっぱなしの斬鬼丸。
ひとつ目に追い込まれる。

ひとつ目　はーはっはっは！　わかったか、俺の強さが！
斬鬼丸　嘘だろ。ひとつ目ごときに俺が……
ひとつ目　弱いな斬鬼丸。これじゃ、さっき殺った鎌鼬と変わらないぞぉ。あんな雑魚とよぉ。なんつったかな。名前は忘れちまったけどな。はっはっは……

斬鬼丸の雰囲気が一変する。

斬鬼丸　刹那だ。
ひとつ目　は？
斬鬼丸　忘れるな。
ひとつ目　何だ？
斬鬼丸　刹那って言うんだよ!!

斬鬼丸の凄まじい怒りに、思わずたじろぐひとつ目。

ひとつ目　し、知ったことか!!

ひとつ目の爪が斬鬼丸に突き刺さる。
が、斬鬼丸はお構いなしにひとつ目の腕をへし折る。

ひとつ目　うぎゃぁぁ!!
斬鬼丸　格の違いがわかったか？

そのまま圧倒的な力でひとつ目を壁に叩きつける。
あまりの斬鬼丸の強さに完全に戦意を失うひとつ目。

ひとつ目　おい、許してくれよ。悪かった。やっぱおまえは強い。また昔のように一緒に暴れようぜ。な！
斬鬼丸　忘れたよ。

斬鬼丸はひとつ目にとどめを刺す。

【シーン　17】

暁と毘沙焔の戦い。

毘沙焔　もう少し抗《あらが》ってみせろ。面白くないではないか。

暁　確かにおまえは強い。しかし、勝てない相手ではなさそうだ。

毘沙焔が強力な炎を暁に浴びせる。
その炎をかろうじて符で防御する。

毘沙焔　どうやって勝つんだ?

暁　人間というのは、戦力差を埋めるために知恵ってのを使うのさ。

毘沙焔　そうか。では楽しませてくれ。

毘沙焔の攻撃をかいくぐって結界を発動させる暁。

毘沙焔　ん?　なんだこの結界は?

暁　この結界は内と外を完全に遮断する。一切の出入りを禁じたわけさ。
毘沙焔　それがお前の知恵か？
暁　がっぷり四つといこうじゃないか。
毘沙焔　呆れたバカだ。

毘沙焔の炎の連続攻撃。
必死に符で防御するが、致命傷を避けるのが精一杯の暁。

暁　どうした？　おまえの炎はこの程度か？
毘沙焔　瀕死の状態で強がるな。死相が出ているぞ。ククク……
暁　それは貴様だ。
毘沙焔　最大級の業火《ごうか》で灰と化してやろう。
暁　では悔いのないよう思い切り来い。それがおまえの最後の攻撃となろう。
毘沙焔　バカめ。いくぞぉ!!　金剛車炎葬!!

毘沙焔は妖気を溜め、凄まじい炎を繰り出す。

暁　ぐぉぉぉ〜!!

瀕死になりながらも防ぎきる暁。

しかし、ダメージは大きく膝を付き倒れ込む。

毘沙焔　良く凌《しの》いだな。しかし、勝負あった。

倒れている暁を引き摺り起こす。
そして額に手を翳《かざ》す。

毘沙焔　終わりだ。

しかし、炎は出ない。

毘沙焔　何⁉

毘沙焔が動揺したその瞬間、毘沙焔に符を貼り付ける。

毘沙焔　な！
暁　驕《おご》り高ぶれば、そこに油断が生じる。俺の……勝ちだ。
毘沙焔　なぜだ⁉
暁　言っただろ。この結界は内と外を完全に遮断すると……
毘沙焔　そうか！　貴様、酸素をっ‼　くそ、死にたくねぇ‼

暁　絶!!
毘沙焔　ぐおおおおおお〜!!
消滅する毘沙焔。
暁は力を振り絞って結界を解き、大きく呼吸を繰り返す。
暁　ハァ〜、ハァ、ハァ……　あと少しで窒息死だ。まったく、なんでこんな無茶をしてるんだか……
ゆっくりと起き上がり、去って行く。

【シーン　18】

雪村と遠藤が戦っている。
簡単に倒される雪村。

遠藤　はーはっはっは！　最高だ。最高の気分だよ数馬！
雪村　まったく……　俺は役に立たねえな……

雪村を見下す遠藤。

遠藤　いい格好だ。
雪村　こんな状況に追い込まれて少しわかった気がする。俺は、デリカシーに欠けてたのかもな……
遠藤　もう遅いよ。
雪村　でもな、俺だっておまえに勝てなくて悔しくて嫉妬してたことがあるんだ。
遠藤　？
雪村　一番勝ちたいことで勝てなかったから……

遠藤　何を言ってるんだ？

雪村　恭子だよ。

遠藤　は？

雪村　恭子の気持ちだけは取られちまった。悟！　俺が大好きな恭子はおまえに取られちまったんだよ！

遠藤　……嘘を付くな。俺を惑わそうったってそうはいかないぞ！

雪村　こんなことで嘘を付くわけないだろ。あいつは言ってた。スノボーの時に告白するんだって。スノボーに行けなくなったって言ったらすっげー怒って何度も電話してきてさ。

遠藤　嘘だ！　そんなの嘘に決まってる！　そんなことが、あるわけない……

川嶋　本当だよ。

川嶋がいつの間にか現われている。

遠藤　川嶋……

川嶋　言っただろ。雪村も言うほどヒーローじゃないって。

遠藤　……そんな……

雪村　俺はおまえに嫉妬していた。だからどこかでおまえを遠ざけ、見下すことで満足していたのかもしれない。でも、そんなみみっちいことでケンカするなんてバカらしいよ！

遠藤　……

雪村　戻って来いよ。じゃないと、恭子に何て言ったらいいんだよ。

遠藤　……戻れるわけないだろ。こんな姿になっちまって……
雪村　きっと方法がある。な、その方法を探そう。
遠藤　ククク……　俺はいったい何をやってるんだ。間抜けもいいとこだな……
雪村　しっかりしろ悟！
遠藤　うぉぉぉ～!!

遠藤の手が雪村の首を絞め上げる。

遠藤　これでお終いだな……

間一髪助けに入る斬鬼丸。

雪村　斬鬼丸。
斬鬼丸　こんなのにやられてるようじゃ、シオンには到底およばねーぞ！
暁　伍掌頼法、監!!

暁の呪法で動けなくなる遠藤。

遠藤　うぐっ！
雪村　暁さん。

斬鬼丸が遠藤に手を伸ばす。
間に割って入る雪村。

雪村　待ってくれ！
斬鬼丸　どけ！
雪村　頼むよ。悟なら大丈夫。こいつは本当に良い奴なんだ。だから悟には手を出さないでくれ！
遠藤　またた。そうやっておまえは俺をかばう。俺を哀れむ。結局何も分かっていないんだよぉ～!!

暁の呪法を無理やり破る遠藤。

遠藤　もうどうでもいい……　おまえとだけは決着を付ける。必ずな！

遠藤は去って行く。

雪村　悟……
斬鬼丸　てめーはどこまでアホなんだ！　あいつはおまえを殺そうとしてるんだぞ。
暁　そうだ。シオンを倒す前にくたばってどうする。
雪村　わかってるよ！　でも……

複雑な心境の雪村。

斬鬼丸　バカバカしいっ!!　同情したり、庇《かば》ってやったりするのがそんなにいいか？

雪村　！

斬鬼丸　俺だったらそんなことされたらムカついて、そいつをぶっ殺すね。悟とかって奴の気持ちがよくわかるぜ。

雪村　……

斬鬼丸　おまえの取ってる行動が、あいつを侮辱してるってことにいい加減気付きやがれ！　あいつが間違ったことをしちまったんなら、同情したり庇おうとかすんじゃなくて、ガツンと一発ぶん殴ってやれってんだよ!!　それが本当の仲間ってもんだろが!!

雪村　斬鬼丸……

斬鬼丸　おまえ見てると、上っ面ばっかで気持ち悪いんだよ！

雪村　……

暁　お話はそこまで。どうやら、お出ましのようだ。

シオンが現れる。

シオン　よくぞ生き残った。

斬鬼丸　さあ、四〇〇年前のけりを付けようぜ。

シオン 愚かな。同じことを繰り返すのか。
斬鬼丸 そんなわけねーだろ。今度こそおまえを倒す！

シオンに挑む斬鬼丸。
しかし、シオンの強さは圧倒的。

暁 伍掌頼法、鱗!!

シオンは暁の攻撃をあっさりと潰す。

シオン わかったか。自分たちの愚かさが。
暁 ここからが本番だ。

暁が印を結ぶ。

暁 呪印法！

シオンの妖術が封じられる。

シオン ククク……　やはり四〇〇年前と同じ戦い方か。憐れな……　力を失いつつあるおまえと、

斬鬼丸　その弱き人間で私に勝てると思うのか？
シオン　やってみなくちゃわからねーだろ！
　　　　では、わからせてやろう。

　　　　己の肉体のみでぶつかり合う斬鬼丸とシオン。
　　　　斬鬼丸の渾身の一撃を、シオンがあっさりと受け止める。

シオン　なんだこれは？
斬鬼丸　く……
雪村　おりゃぁ!!

　　　　雪村が隙をみて攻撃を仕掛ける。
　　　　が、シオンに軽くいなされる。

シオン　ククク……　こんな虫けら如き人間と。
斬鬼丸　うっせえ！
シオン　弱き妖怪になってしまったな。
斬鬼丸　誰が弱き妖怪だ！　この俺様に向かって!!　いいか！　耳かっぽじって、よーく聞けよ。
川嶋　短かくね！
斬鬼丸　やだよ！　短くすると全然雰囲気が出ないんだよ。おい！　これが最後の戦いなんだから、聞き終わるまで絶対に邪魔するなよ。いいな!!

斬鬼丸は見得を切る。

斬鬼丸 闇よ……

シオンの一撃。
倒れる斬鬼丸。

雪村 くっそぉ!!

雪村が必死に斬りつけるが、シオンは楽しんでいる様子。

暁 くっ、やはり勝負にならないか……

その時『ブチッ』と音がする。

川嶋 なんだ、今のあからさまに何かが切れたような音は?

あたりに轟音が鳴り響く。

川嶋　な、なんだ？

斬鬼丸がゆっくりと立ち上がってくる。

斬鬼丸　もう我慢ならねぇ……　何度も何度も何度も何度も邪魔しやがって。ぶぢごろじでやるぅ～!!
川嶋　うわぁ～　斬鬼丸が切れたんだぁ～!!
斬鬼丸　うぉぉ～!!

斬鬼丸の凄まじい一撃。
今度は受け止められない。

シオン　何⁉

斬鬼丸とシオンの凄まじい攻防。

暁　切れて、力の源のひとつである怒りが一時的に戻ったか。
川嶋　すげー!!　あれが斬鬼丸の本当の強さ！

がっちりと組み合い、睨み合うシオンと斬鬼丸。

シオン　だが、私を倒せる程ではないな。ヒヤリとしたぞ。
斬鬼丸　うぐ……
シオン　あの結界師もそろそろ限界ではないのか？

かなり苦しそうな暁。

シオン　早くせねば我の妖術がおまえらを襲うぞ。ククク……
川嶋　おい、雪村頑張れ！　おまえの頑張り次第だぞ！

立ち上がる雪村。

雪村　わかってるよ。シオンは絶対に倒す!!

雪村がもう一度攻撃を仕掛ける。

シオン　死ね。

シオンの腕が、雪村を庇った斬鬼丸の体を貫く。

雪村　嘘だろ⁉
斬鬼丸　全く、今度のゆきむらは世話が焼けるぜ。
雪村　しっかりしろよ！
斬鬼丸　情けねえ顔すんじゃねえ！　これくらいじゃバケモノはくたばらねえよ！

斬鬼丸の体が崩壊し始める。

斬鬼丸　ぐぐぐ！
シオン　くたばるもなにも、もう崩れ始めているではないか。まだわからぬのか？　自ら破滅の道を歩んでいるのだと。
斬鬼丸　うるせえ！
シオン　愚か者め、そのまま消滅するがいい。
雪村　シオン‼

『童子切り安綱』が共鳴している。

シオン　ん！
雪村　おまえをぶっ倒す‼

雪村の攻撃が見違えるほど鋭くなっている。

シオン こやつ……　真田幸村か！

互角の戦いを見せる二人。

川嶋 よし！　いけ！　いけ！　雪村!!

しかし、シオンにはわずか及ばない。
その時、倒れていた斬鬼丸がシオンの足を掴む。
隙を突かれたシオンに雪村の強烈な一撃が決まる。

雪村 斬鬼丸！　大丈夫なのか!?
斬鬼丸 俺は不死身だ。
雪村 よし、いくぞ、斬鬼丸！
斬鬼丸 おうよ、雪村！

二人の息の合った攻撃。
傷付いたシオンに一気《いっき》呵成《かせい》に襲い掛かる。

シオン　く……

窮地に立たされるシオン。

斬鬼丸　もう観念しろよ。
シオン　ふふふふ……　私とて四〇〇年前の戦いを教訓にしているぞ。

遠藤が現れ暁の片腕をへし折る。

暁　ぐぉぉ！
雪村　悟！

呪印法が解ける。

斬鬼丸　やっべぇ……
シオン　遊びは終わりだ。

強力な妖術で斬鬼丸と雪村を吹っ飛ばす。

シオン　ははははは。

雪村の前に立ちはだかる遠藤。

遠藤　とどめは俺が刺す。

シオン　真田幸村の血を継ぐ者と意思を継ぐ者。面白い戦いだな。

雪村　目を覚ませ！　悟!!

遠藤　いくぞ！

遠藤と雪村の戦い。
しかし、雪村には迷いがある。

斬鬼丸　こら！　情けをかけるんじゃねぇ！

助けに入ろうとするが、もはや体が動かない斬鬼丸。

斬鬼丸　くそ……

シオン　さすがのおまえも、もう限界だな。

遠藤に刀を叩き落される雪村。

遠藤　さよならだ。
雪村　最後に！　ひとつだけ言わせてくれ……
遠藤　……

雪村の覚悟を決めた表情とグッと握り締められた拳。

遠藤　いいだろう。言えよ。
雪村　調子に乗ってんじゃねーぞ!!

遠藤を思いっきり殴る雪村。

雪村　俺の方が頭が良いしスポーツも出来る。だからってウジウジして何になるんだ？　悔しいならもっと頑張れよ！　頑張って勝てないなら勝てるものを探せよ!!　勝手に被害妄想に浸ってんじゃねぇぞ。もっと強く生きたらどうなんだよ!!　それと恭子が悟を好きだって言うから諦めようと思ってたけど、やめた。俺は諦めない！　絶対おまえから恭子を奪い取ってやる!!　わかったか！
遠藤　……
雪村　それだけだ。なんか、すっげーすっきりした。はは……

遠藤は手を振り翳《かざ》す。

覚悟を決める雪村。
が、遠藤は同じように雪村を殴る。

雪村　え……
遠藤　一回は一回だからな。
雪村　悟？
遠藤　それに、ひとつ言わせてくれって言ってふたつ言ったぞ。
雪村　う……
遠藤　数馬らしいな。
雪村　俺達はやっぱ一番の友達だ。だから一緒に帰ろうぜ。な、悟！
遠藤　……残念だが、さよならだ。
雪村　え!?
遠藤　恭子は、おまえに譲るよ。

遠藤は振り返りシオンに襲い掛かる。

雪村　悟!!

シオンに貫かれる遠藤。

雪村　そんな……

遠藤　わりいな、尻拭い……　頼むわ……

崩れ落ち絶命する遠藤。

シオン　馬鹿者め。まあよい。少しは役に立った。

刀を拾う雪村。

雪村　シオン!!　許さねーぞ！

シオン　跡形もなく消し去ってくれる。

雪村がシオンに向かって突進する。

シオン　死ね。

シオンは雪村に手を翳すが、妖術が使えない。

シオン　な!?

雪村の一撃を間一髪でかわす。

シオン　どういうことだ⁉

最後の力を振り絞り、斬鬼丸がシオンを押さえ込む。

シオン　く、貴様……
斬鬼丸　いけ！　雪村ぁ～‼

ありったけの力を込めてシオンを切り裂く雪村。

シオン　ぐうぅぅ……　なぜ妖術が使えん……　奴の腕は確かに……

暁を見るシオン。
そこには印を結んでいる川嶋の姿。

雪村　川嶋‼
シオン　なんだと！
暁　おまえが印を知っていて助かった。
川嶋　妖怪研究会の会長ですから。

雪村　おまえ最高だぜ!!
川嶋　イェ〜イ！
シオン　人間どもがぁ……　どいつもこいつもぉ〜!!
暁　九印も知っているな？
川嶋　あったりまえですよ！
暁　破邪滅界陣だ！
川嶋　はい!!
暁　倫戒

川嶋は無我夢中で印を結んでいく。

暁　是空闘紗……

次々と印を結ぶ。
その時、暁が突然印を止める。

暁　待て！

川嶋は待てのポーズ。

川嶋　ま、待て？　そんな印ありました？
暁　シオンの気配が消えた……
川嶋　マジっすか⁉
暁　どういうことだ？
川嶋　逃げちゃったんじゃ……
暁　それはありえない。シオンと言えど破邪滅界陣から抜け出すのは不可能だ。
川嶋　あ！　勝手に消滅しちゃったんじゃないでしょうか！
暁　バカな。シオンだぞ。
雪村　どうしたんだ、暁さん？
暁　どこだ！　どこに行った⁉
斬鬼丸　ここだ！

斬鬼丸が雪村の首を掴む。

雪村　うぐ！
斬鬼丸　ククク……　危なかった。
雪村　シ、シオン⁉
斬鬼丸　そうだ。
暁　斬鬼丸の体を奪われるとは……
斬鬼丸　許さんぞ、人間共が！

シオンが暴れる。

雪村　暁さん、どうしたらいいんだ？
暁　その刀で、斬鬼丸を貫け！
雪村　そんな！
暁　それしかない！　斬鬼丸だってそれを望むはずだ！
雪村　でも……

斬鬼丸の爪が雪村の肩を抉る。

雪村　斬鬼丸……
暁　川嶋！　封印に切り替えるぞ！
川嶋　は、はい！
雪村　そんな！　待ってくれ‼　くそ、どうすれば……

その時、雪村が閃く！

雪村　そうだ‼　暁さん！　あるよ。斬鬼丸からシオンを追い出す方法‼
暁　それは⁉

雪村　これさ！

雪村は携帯を取り出す。

雪村　こいつを喰らえ！

雪村は電波を飛ばす。

斬鬼丸　う……ぐわぁぁ～　こ、これはぁ～!!　うぉぉぉ～!!

堪らず斬鬼丸から飛び出すシオン。
斬鬼丸は糸の切れた人形のように崩れ落ちる。

雪村　今だ、暁さん！

暁　よし！　いくぞ!!

川嶋　はい！

暁　倫戒《りんかい》是《ぜ》空闘紗拙在漢《くうとうしゃせつざいかん》！

川嶋が印を結び切る。
『魔天図盤』が光輝く！

川嶋　うぉぉ〜!!
暁　天と地の権威を持って、我、五行の元に邪を祓う。
シオン　くう……
暁　さらばだシオン！
シオン　おのれぇぇぇぇぇ〜!!

辺りが光り輝く。

川嶋　俺すげー!!　俺すげーよぉ〜!!
暁　凶魔滅殺!!
シオン　ぐおぉぉぉぉ〜!!

シオンが消滅し、辺りが静寂に包まれる。

暁　良くやった。
川嶋　へへ、すげぇ……　俺、さいこー!!

はしゃぎまくる川嶋。

雪村　勝ったんだな。シオンを倒したんだな！
暁　ああ。正真正銘、俺達の勝ちだ。
雪村　やった～!!

雪村は斬鬼丸に駆け寄る。

雪村　おい、斬鬼丸しっかりしろ！　おい！

斬鬼丸が意識を取り戻す。

雪村　大丈夫か？　勝ったぞ。シオンを倒したぞ！
斬鬼丸　そうか。まあ、俺様がシオンごときに負けるはずねーけどな。
雪村　ああ。
斬鬼丸　だが、俺もここまでみてーだ。
雪村　え……
斬鬼丸　俺は消滅する。
雪村　バカ言うなよ！

斬鬼丸の口元が緩む。

雪村　ば〜か！　俺は、おまえを利用しただけなんだよ！　まんまと引っ掛かりやがって。アホ！　間抜け！　てめーみたいなクズ妖怪なんか仲間じゃねーよ！　どうだ悔しいか！　悔しかったら俺を憎め!!
斬鬼丸　あん時と同じだ。
雪村　え？
斬鬼丸　……あいつはどうして俺を裏切ったんだ？　やはり人間にとって妖怪は邪魔な存在だってのか？
雪村　……

斬鬼丸の体が極限に達する。

斬鬼丸　ぐぅぅ……
雪村　暁さん、斬鬼丸を封印してくれ！
暁　ん？
雪村　斬鬼丸を封印すれば体の崩壊は止められるんでしょ？　ねえ、そうなんでしょ!?　だから真田幸村は斬鬼丸を封印したんでしょ!?
暁　ああ。そうだ。
雪村　じゃあ、早く封印してよ!!　早く斬鬼丸を……
暁　もう手遅れだ！　この状態では封印しても意味を成さない。
雪村　……そんな……

悲しみを押し殺し、斬鬼丸と向き合う雪村。

雪村　……斬鬼丸、もうおまえを助けることは出来ない。でもこれだけは聞いてくれ!!　真田幸村はおまえを裏切ったんじゃない！　おまえが消滅してしまう原因は、人間を憎む心がなくなって、妖怪としての力を失ってしまったからなんだ。だから真田幸村はおまえを裏切る振りをして嫌われようとしたんだ。封印だって斬鬼丸の体が崩壊してしまうのを防ぐためだったんだ。だからおまえは真田幸村に裏切られたわけじゃない！　それほどおまえは大切な仲間だったんだよ！

斬鬼丸　……

雪村　……俺はそれを知っていたのにおまえを利用してしまった……

斬鬼丸　なるほど……

雪村　ごめん。

斬鬼丸　まったく、幸村やおまえに出会わなければ良かった……

雪村　本当にごめん！

斬鬼丸　いや、違うな。もっと早く出会えば良かったんだ。

雪村　斬鬼丸……

斬鬼丸　いいか！　俺を忘れないように、耳をかっぽじってよーく聞きやがれ！

カッコ良く見得を切る斬鬼丸。

斬鬼丸　闇より生まれしこの体……
雪村　忘れないよ、絶対!!　忘れるわけないだろ！
斬鬼丸　アホか!!　てめーは人の話を聞きやがれ！　最後の見せ場だったのにぃ！
雪村　あ、ごめん！　つい……
斬鬼丸　まあ、おまえらしくていいか。

穏やかな顔で雪村を見つめる斬鬼丸。

斬鬼丸　じゃあな、楽しかったぜ。

消滅していく斬鬼丸。

雪村　俺、斬鬼丸に会えて良かった。とんでもないことに巻き込まれて、散々な目に遭ったけど、斬鬼丸に出会えたことだけは良かったなって思える。仲良く出来なかったのが残念だよ。

それと同時に遠藤に生気が戻ってくる。

遠藤　あれ？
雪村　悟!?　どうして？

遠藤　わからない。斬鬼丸が目の前に現れて……

雪村　斬鬼丸が⁉

暁　転生か？

川嶋　転生って、あの生まれ変わるって言う……

暁　まあ、転生とはちょっと違うか。斬鬼丸は人間の魂が戻ったことにより妖怪の体を失ってしまった。残った魂が新たな体に宿ったんだろう。

川嶋　ひぇ～‼　そんなこと出来るの。

暁　真田幸村の血を引く体と斬鬼丸の魂だからこそなせる技だな。

雪村　そっか。

雪村が遠藤に手を貸す。

立ち上がる遠藤。

雪村　お帰り。

遠藤　ありがとう。

暁が身嗜《みだしな》みを整える。

暁　人間だけが生き残った。これがこの世の摂理か……　では、俺は行くぞ。

雪村　結局、逃げなかったじゃないですか。

暁　やばい場面なんかあったか？
雪村　これからどうするんですか？
暁　また修行をし直す。ただ、これからは強制されるのではなく、自分自身を鍛えるためにな。
雪村　また、会えますよね？
暁　妖怪に憑りつかれたら、助けに来てやる。
雪村　やだな、それ……
暁　じゃあな。

暁は去って行く。

雪村　ありがとうございました！

雪村の携帯が鳴り響く。

雪村　いけね！（電話に出て）ゴメンゴメン!!　いや、もうほんとにすっげーいろんなことがあって大変だったんだって。いや、言ったって信じてもらえないよ。え？　もう、まどろっこしいな。自分で言えよ！

携帯を遠藤に渡す。

遠藤　え⁉
雪村　恭子から。
遠藤　あ、どうも……　うん……うん……　わかった。じゃあ、また来週。今度は絶対に行くよ。
雪村　約束。じゃあ。
遠藤　何だって？
雪村　来週またスノボーに行こうって！
遠藤　そうか！　だったらまだ一週間の猶予があるんだな。よ～し！　気合入れて勝負かけるぞ！
雪村　渡さないよ。絶対！
遠藤　あれ⁉　おまえ、俺に恭子を譲るって言ったよな？
雪村　あ、あれは撤回。状況が変わったから。
遠藤　くっ、なんてあっさりと……　男らしくないぞ！
雪村　そうさ。それが俺なんだから。
遠藤　ちっ！　だってよ川嶋。最悪だと思わない？

川嶋は、『童子切り安綱』を持って興奮している。

雪村　川嶋君？
川嶋　これはすごいぞ。ものすごい文化遺産だ。これがあれば川嶋妖怪研究財団の設立も夢じゃない。

雪村　おまえすっごい腹黒いこと考えてねーか？
川嶋　じゃあ、僕はこれで……
雪村　こら！　その刀は置いてけ！
川嶋　ふっ、誰が置いていくか。ばぁ～か！

川嶋は刀を持って逃げる。
雪村と遠藤は顔を見合わせる。

雪・遠　待て～!!

二人は川嶋を追う。
雪村はふと立ち止る。

雪村　また、会おうな。刹那・斬鬼丸！（見得を切り）あばよ！

雪村は去って行く。
それと同時に浮かび上がる妖怪達。
斬鬼丸が見得を切る。

『闇より生まれしこの体。暗黒の力を身に纏い大地を割って天を裂く‼　古今東西駆け抜けば数多の魍魎集いしも、ばったばったとなぎ倒し、喰ろうた数は数千体！　天下無双の豪傑野郎！　泣く子も黙る大妖怪、最強最悪斬鬼丸たぁ……　あ！　俺のぉ、ことよぉ～‼』

――終

シークレットボックス

SECRET BOX

登場人物

ハル
アズマ
タジ
リッチ

百瀬

泉
鳴海
須藤
川上
津田
甲本
乙黒
松井
竹田
梅津

十条

【シーン　1】

とある場所。
怪しい男が逃げて来る。

男　なんなんだ、あいつら⁉　警察か？

その行く手を塞ぐリッチ。

リッチ　逃がすわけがないでしょう。このストーカー君。

男　くそっ！

男が振り返るとそこにはアズマ。

アズマ　俺たちから逃げようなんて、甘い甘い！

アズマとリッチがにじり寄ると、男はスタンガンを取り出す。

リッチ　あらら。そういう物を出すと、僕も本気を出しますからね。
アズマ　おい、リッチ！
リッチ　アズマ君、いいじゃないですか誰も見てないんだし。あれ、痛いですよ。
アズマ　しょうがねえな。やりすぎんなよ！
リッチ　わかってますって！

リッチが能力を発動する。

男　この野郎‼

男がスタンガンをリッチに当てる。
しかしリッチは平然としている。

男　えっ、どうなってんの⁉
リッチ　ふふふ……

リッチはスタンガンを取り上げ、腕を捩《ね》じり上げる。

リッチ　もう彼女に関わっちゃいけません。アンダスタン？

男　ア……　アンダスタン……
リッチ　リアリィ？
男　リアリィ！

アズマが男に触れる。

男　（心の声）何だこいつ尋常じゃない！　二度とここへは来るもんか！
アズマ　リッチ、大丈夫だ。
リッチ　よろしい。では、行きなさい。

腕を離すと一目散に逃げ出す男。
と、同時に能力を解くリッチ。

リッチ　いたたたたた……　この能力を使うと体が痛くなるの、なんとかならないのでしょうか？
アズマ　おまえさ、避けるかなんかしろよ。俺らの能力がバレたら大変な事になるんだぞ。
リッチ　あのストーカーにバレてました？
アズマ　バレてはいなかったけど、かなり怪しんでた。
リッチ　じゃあ、いいじゃないですか。
アズマ　たく……
リッチ　というより、ストーカーなんて警察に頼んでほしいものですよね！

アズマ　今の法律じゃストーカーくらいじゃ警察はなかなか動いてくれねーの。だから俺たち便利屋に頼って来るんだよ。
リッチ　ハルとタジは猫を見つけられましたかね？
アズマ　さあな。
リッチ　なんというか、こう……　世界を救うとか、そんな依頼はないのでしょうか？
アズマ　ねーよ。
リッチ　ガックリ。せっかく特別な力を持っていると言うのに！
アズマ　声がでけーよ！
リッチ　ストレスが溜まる一方ですねぇ。
アズマ　他人にバレた後のストレスから比べれば大したことねーよ。
リッチ　そうですね。
アズマ　あ！　そういえばあいつ、おまえの事を、おでこニョローンって思ってたぜ！
リッチ　あの野郎、ぶっ殺す!!
アズマ　おいリッチ、敬語！
リッチ　あ、いけない！　つい……　というかアズマ君、それは君が思っているんでしょ？

アズマはもういない。

リッチ　ちょっと、待ちなさい！　あなたをぶっ殺します!!　いててて……

アズマを追って行くリッチ。
入れ替わるようにハルとタジがやって来る。

タジ いたぁっ!! ハル! あそこ、あそこ! あの猫だよね?

子猫が高い所に上って降りられなくなっている。

ハル (写真を見ながら)うん、間違いない。よし、今助けてあげるからね。

ハルが登って行く。

タジ ハル、あぶないって! そんなことしなくたって俺の力で……
ハル ダメだよ! むやみに使って誰かに見られたりしたらどうすんの?
タジ 誰もいないじゃん。
ハル そんなのわからないよ。細心の注意を払わないと!
タジ ……ほんとビビリだな……

危なっかしく子猫に近づく。

ハル 動いちゃダメだよ。今助けるからね。

その時、ハルの予知能力が発動する。

ハル よし、もう少しだ。

ハルが子猫に手を伸ばした瞬間、猫が宙に浮く。

ハル あ！

猫は空をフワフワ浮きながらタジの手の中へ。

タジ さあ、飼い主の所に戻ろうね。

ハル むやみに力を使うなって百瀬さんに言われてるでしょ！

変なポーズでハルを小馬鹿にするタジ。

ハル く……　後で百瀬さんに言いつけてやる。

そこへ泉が息を切らせて走って来る。
タジにぶつかる泉。

泉　すいません！　大丈夫ですか？
タジ　俺は大丈夫だよ。
泉　良かった。あの、僕急いでるんで……
松井　おい、いたぞ！

松井・竹田・梅津が追いかけて来る。

松井　何だ、君は？
タジ　俺はタジ‼　こういうもんです！

名刺を見せるタジ。

松井　便利屋シークレッツ？　まあいい。さあ泉君、一緒に来てもらうよ。

泉は逃げようとするが囲まれる。

松井　いい加減わかってくれないか。乱暴な事はしたくないんだ。
タジ　いいねえ！　こういうのメッチャ燃える‼

タジが間に割って入る。

松井　邪魔するなら、それなりの覚悟をしてもらうよ。
タジ　そりゃ、おまえらだ！　俺の力をみせてやるぜ。止めるなよハル！
ハル　止めるも何も、今のタジは……　って、猫は？　猫はどうしたの⁉
タジ　能力全開で行くぞ！

タジは松井に手を翳《かざ》す。
が、何も起きない。

タジ　あれ？

松井のボディブローが決まる。

タジ　うげぇ～　何で？
ハル　さっき猫を助けるのに能力使っただろ。タジは連続して能力を使えないんだから。
梅津　こんなの俺が片付けます。

梅津がタジのみぞおちに膝蹴りを入れる。

タジ　うえぇぇぇ……

嘔吐するタジ。

ハル　汚なっ!!

そして元の状態に戻る。
子猫に手を伸ばそうとしているハル。

ハル　見えた!　ちょっとタジ、ダメだよここで能力を使っちゃ!　念力で猫を助けよう……

ハルの顔の横を猫がフワフワと飛んでいる。
子猫はタジの手の中へ。

ハル　もぉ、最悪だよ……
タジ　さあ、飼い主の所に帰ろうね。
ハル　タジ、わかってんの!?　この後どんな目に遭うのか!!

変なポーズでハルを小馬鹿にするタジ。

ハル　やばい、見事に予知進行中……　タジ、そこから早く逃げて!!　このままだと……

そこへ息を切らせて走って来る泉。
タジにぶつかる泉。

ハル　ああ～　死へのカウントダウン開始ぃ～!!
泉　すいません！　大丈夫ですか？
タジ　俺は大丈夫だよ。

慌ててハルがタジの腕を掴む。

ハル　逃げるよ！
タジ　は？　何で!?
ハル　いいから。もう時間がないの！　早くっ!!
松井　おい、いたぞ！

松井・竹田・梅津が追いかけて来る。

ハル　来ちゃったぁ～!!　死神たちがぁ～!!　ど、ど、どうしよう!?
松井　何だ、君は？

タジ　俺はタジ!!　こういうもんです！

名刺を見せるタジ。

ハル　あの、僕たちは全然関係ないですから、気になさらないで下さい!!

松井　便利屋シークレッツ？　まあいい。さあ泉君、一緒に来てもらうよ。

泉は逃げようとするが囲まれる。

松井　いい加減わかってくれないか。乱暴な事はしたくないんだ。

（小声で）いい！　タジはあの人たちとやり合うつもりだろうけど、さっき猫を助け……

ハル　あっ、猫！　猫はっ⁉

間一髪猫を捕まえるハル。

ハル　よかったぁ！

タジ　いいねえ！　こういうのメッチャ燃える!!

タジが間に割って入る。

ハル　やっちゃった……
松井　邪魔するなら、それなりの覚悟をしてもらうよ。
タジ　そりゃ、おまえらだ！　俺の力をみせてやる。止めるなよハル！
ハル　ごめん、タジより猫を選んじゃった……
タジ　能力全開で行くぞ！

タジは松井に手を翳す。
が、何も起きない。

タジ　あれ？

松井のボディブローが決まる。

タジ　うげぇ～　何で？
ハル　だから言ったでしょ……
梅津　こんなの俺が片付けます。

梅津がタジのみぞおちに膝蹴りを入れる。
嘔吐するタジ。
それをすかさずビニール袋に入れるハル。

ハル　（小さくガッツポーズで）よし！
竹田　俺も混ぜろって。
タジ　つーか、ギブ！　俺もう無理だから。ハル交代‼
ハル　いやだよ。

竹田と梅津がタジに襲い掛かる。

タジ　うわぁ～

そこへ現れる鳴海。

鳴海　そのへんにしとけよ。俺が相手してやるからよ。
ハル　誰？
竹田　こいつ……
梅津　まあいい。まとめて片付ける。

鳴海に襲い掛かる竹田と梅津。
が、二人相手にまったく引かない鳴海。

タジ　何あいつ、超かっけー!!　よし、俺の仇を取ってくれ！
松井　どけ！

松井が二人に代わって鳴海と戦う。

鳴海　やるじゃねーか。
松井　あなたもね。

その隙を見て逃げ出す泉。

竹田　松井さん、泉君が逃げました！
松井　勝負は一時お預けです。

松井たちは泉を追う。

鳴海　……

鳴海も追って行く。
取り残されるハルとタジ。

ハル　こんな続きがあったのか……

タジ　今の何なの？

ハル　ヤバそうな人たちだったね。

タジ　くっそぉ～　超いてえよ。今度あいつらに会ったらギッタンギッタンにしてやる！

ハル　とりあえず猫はゲットしたから、よしとするか。

ハルとタジは去って行く。

物陰から目が飛び出しそうになりながら出て来る津田。

津田　み、み、み、見たぞ……　すげぇ……　猫が宙を……　こんなことってあるんだ……　すげぇ！　すげえよぉ～!!

【シーン　2】

アズマとリッチがシークレッツに戻っている。
そこへ食事を持って入って来る百瀬。
百瀬はとても素敵な衣装を身に纏っている。

百瀬　はーい、お疲れさま！　お腹空いたでしょ。食事にしましょう。
リッチ　ハルとタジは？
百瀬　まだ戻ってないわね。
アズマ　たかが猫に何を手間取ってんだ。
百瀬　簡単そうにみえるけど、案外大変なのよ。
リッチ　猫探しくらいで便利屋に頼まないでほしいですよね。
百瀬　何言ってるの。猫探しと言えば便利屋の定番じゃない。
リッチ　百瀬さん、もっとスケールの大きな仕事とかないんですか？
百瀬　そんなの、あっても引き受けないわよ。
リッチ　ちっ！
百瀬　リッチ舌打ち。

リッチ　申し訳ございません。
アズマ　あれ⁉　これ吉牛だよね？　今日のお昼は海鮮たっぷりパエリヤとか言ってなかったっけ？　百瀬さん、どういうこと？
百瀬　しょうがないじゃない。ヘアスタイルがなかなか決まらなくて時間がなくなっちゃったんだもの。
アズマ　なんだそりゃ！　俺たちより自分の髪型かよ。
百瀬　まあ、たまにはいいじゃない。

そこへ戻って来るハルとタジ。

ハル　ただいま戻りました！
百瀬　猫は見つかった？
ハル　あ、はい。いろいろありましたけど、無事に飼い主の元へ届けました。
百瀬　お疲れ様。さあ、食事にしましょ！
アズマ　おいおい聞いてくれよ。百瀬さん、今日手抜きで吉牛なんだぜ。ひどくねえ？
タジ　吉牛⁉　やったぁ！　よっし牛、よっし牛!!
アズマ　あのな、百瀬さんは俺たちより自分の髪型を選んだんだよ！
タジ　よっし牛、よっし牛、よっしよっし牛!!
アズマ　おまえ、めんどくせえ。
百瀬　今、持ってきますから。

タジ　はーい！

席に着くハルとタジ。

タジ　あ、そうだ！　さっき、すっげー事があったんだよ。
リッチ　すっげー事って、なんですか？
タジ　一人の少年が怪しい男たちに追われててさ、俺とかも巻き込まれちゃって大立ち回りが始まっちゃってさ、もうね、映画のワンシーンみたいなの！
アズマ　おまえ、力を使ってねーだろーな？
ハル　それは大丈夫。その前にくだらない事に使っちゃったから。
タジ　くだらないとか言うな！
ハル　あ、ごめん……
アズマ　なんで謝ってんだよ！　間違いなくくだらねー事に使ってんだから、こいつは。そうだろ？
ハル　あ、うん……
タジ　なにぃ！
ハル　いや、まぁ……
リッチ　そんなことより、話を続けなさい！
タジ　あ、そうか。で、俺やっべ殺されるって思ったら、もうひとり男が現れて、超絶バトルになったんだよ。もうすげー迫力でさ！
リッチ　なんてことだぁ。そこに居合わせたかった。そういう場面でこそ僕の力は必要とされるんですよ！
百瀬　バカなこと言ってんじゃないの。あんた達の力がバレたら大変な事になるんだから。何度も言ってるでしょ！　一回思い切り痛い目に遭わないとわからないのかしらね！

吉牛を並べる百瀬。

タジ　やったー、吉牛だ！　最高!!
アズマ　こいつ幸せなくらいアホだな。ハルは嫌だろ？
ハル　いや、僕は別に吉牛でも。
アズマ　何を良い子ぶってんだよ。
ハル　そんなんじゃなくて……

アズマはハルの肩に触れる。

ハル　（心の声）百瀬さん、今日も変てこな服を着てるな。
アズマ　百瀬さん、今日も変てこな服を着てるなって、そっちのが気になるんだ。
ハル　ちょっと！
百瀬　あっそぉ。じゃあ、これいらないわね。
ハル　いや、その……
百瀬　みなさんは召し上がれ！

ハルの牛丼を取り上げる百瀬。

ハル　そんな！　ひどいよアズマ！
アズマ　ハルが良い子ぶるからだ。
ハル　アズマも能力を乱用してるじゃないか！
アズマ　乱用じゃねえ。俺はちゃんと人を選んで使ってるんだ。それに俺の能力はめったな事じゃ人にバレないしな。
ハル　ずるいよぉ。
リッチ　それにしても、その男たちは何者だったんでしょうか？　かなり怪しい感じがしますけど……う〜ん、ワクワクしますねぇ！
ハル　……

その頃、外で様子を窺っている津田。

津田　絶対に正体を摑んでやるぞぉ。

川上が現れる。

川上　よぉ！

津田　うわぁ!!
川上　なんだよ。
津田　川上かよ。脅かすな！
川上　ふざけんな。むしろこっちがビビったよ。
津田　つーか、おまえどんだけ遅刻してんだよ。
川上　んなことよりなんだよ、こんなとこまで呼び出して？
津田　それがさ、すごいの見ちゃったんだよ！
川上　何？
津田　超能力!!
川上　……
津田　ここの便利屋の人で超能力を使える人がいるんだよ!!
川上　俺、帰るわ。
津田　ちょちょちょ待ってよ！　マジなんだって!!
川上　津田……　おまえ元々うざいのに、さらにうざくなったな。
津田　うざいとか言うな！　とにかく、それを証明したいんだよ。だから川上にも証人になって
ほしいんだ。

川上　あのさ、超能力とかありえないから。
津田　見たんだよ。何もないとこで猫が宙に浮いたんだよ。
川上　見間違いだろ。
津田　違うって！　あれは絶対に超能力だった!!　信じてよ。

川上　無理。
津田　俺の目を見てくれ！　これが嘘を付くような目か？
川上　俺を直視すんな!!　寿命が縮まるだろ。
津田　なんだそれ!?　わけわかんねーよ。
川上　津田の顔が妙にリアルで、魂が吸い取られそうなんだよ。
津田　大きなお世話だ！　とにかく絶対本当なの!!
川上　良かったね。じゃあ、俺はこれで。
津田　だから待てって!!　お願いだよ！
川上　え～　めんどくせぇよ。

そこへ現れる須藤。

須藤　こんなとこで何やってんの？
津田　え!?　いや、その……
須藤　もしかして、この便利屋に用事？
津田　あ、まぁ、用事というか……
川上　こいつさ、ここの便利屋の人が超能力……

慌てて川上の口を塞ぐ津田。

津田　（小声で）やたら人に話すんじゃねえ！　俺のスクープなんだよ!!
須藤　どうした？
津田　いや、何でもないですよ。
須藤　便利屋に用があるってんなら、うちに頼んでよ。
津田　は？
須藤　シークレッツより、我が須藤便利商会の方が安くてサービス満点だよ。実績だってシークレッツよりはるかにあるしね。絶対に満足のいく仕事をするよ！　しかも、今ならさらにプライスダウン!!　どうだい？
津田　あのぉ……
須藤　よしわかった、俺も男だ。うちに頼んでくれたら洗剤も付けちゃう！　どうよ？　決まりだろ！
川上　こいつもかなりうぜえな……
津田　すいません！　僕たちこっちに用があるんです！
須藤　なんでシークレッツの方が人気があるのかねぇ？　絶対俺の方がイカしてるのになぁ。
川上　やっぱうぜえ。
須藤　……しょうがねえな。じゃあ行くか。
津田　え、どこへ？
須藤　どこへって、シークレッツに用があるんだろ？
津田　なんであなたも!?
須藤　（独り言で）そりゃおまえらを連れていけば紹介料を貰えるからな。

津田　え？
須藤　いいから、行くぞ！
津田　いや、中に入るのはちょっとまずい……
須藤　どうした？
津田　あ、明日にします！　そんな急ぎの用事じゃないし。なぁ川上！
川上　今日で良いじゃん。明日また来るとかめんどくさいし。
津田　おまえは状況がわかってんのか!!
須藤　ほら、行くぞ！

二人を連れて中に入って行く須藤。

【シーン 3】

十条と松井・竹田・梅津が話をしている。

十条　あれほど目を離すなと言ったのに、隙をつかれて逃げられて、三人がかりで追って取り逃がしちゃったわけ。
松井　申し訳ありません。
十条　まあ、秘密を知られてしまった私も迂闊だったが。
三人　……
十条　しかし、君たちには罰を与えないとね。
三人　う……
十条　代表で松井、ちょっとこれを付けてくれる？
松井　何ですか、これは？
十条　我が十条コンサルティングが開発したスーパービリビリマシンさ。
松井　これって、ただの低周波……
十条　ばか者！　このマシンは人工知能を搭載していて、ある条件をクリアすると自動的に機能を停止するという超高性能マシンなんだよ。

松井　は、はあ。
十条　だからぁ、条件さえクリアすれば、罰を受けずにすむってわけ。
松井　条件とは？
十条　それはな……　笑いだよ！
松井　え？
十条　このマシンはギャグの面白さを判断できるんだ！　すごいだろ!!　人間の感情を理解し、自分で電流を流したり止めたりするんだ。すごい発明だぞ！
三人　……
十条　さあ、電流を流されたくなかったら面白い事をするんだ！
松井　無理ですよ。
十条　なら、しょうがないな。強烈な電流が君を襲うだけだ。めっちゃ痛いぞぉ。
松井　やりま〜す！　一発ギャグやりま〜す!!

松井の一発ギャグ。
電流が流れる。

松井　いたたたた。マジいてえって！
十条　何だその言葉遣いは？

電流が流れる。

梅津　十条さん、間違いなくボタン押してるよな。
竹田　ああ。完全に十条さんの気分次第だ。
十条　何か言った？
竹・梅　いいえ。
十条　さあ、こんな目に遭いたくなかったら次はちゃんと泉を連れて来るんだよ。
三人　は！
十条　それと、多少の無茶も許可しよう。
三人　……了解。

三人の顔に不敵な笑みが浮かぶ。
三人が去ると、おもむろに振り返る十条。

十条　というわけだ。君にも動いてもらいたい。

甲本が現れる。

甲本　なるほど。
十条　引き受けて貰えるな。
甲本　十条の旦那からの依頼を断るわけがないでしょう。

十条　今回は緊急事態だ。報酬は弾む。
甲本　そりゃ、ありがたい。かならず期待に応えますよ。

乙黒が現れる。

乙黒　ちょっとちょっと、俺も忘れないでくれよ。
十条　君に用はない。
乙黒　聞いた⁉　甲本の兄貴、俺を無視してるよぉ‼
甲本　俺の依頼はおまえの依頼だ。そうだろオッツ！　俺たちは二人で一人なんだから。
乙黒　そうだった。
甲本　では、早速様子を窺うとするか。
乙黒　伺うとしよう！　……誰に？
甲本　誰にじゃない。状況を確認するってことだ！
乙黒　そういうことか。おう！
甲本　いくぞ。

甲本とオッツは去って行く。

十条　……

【シーン　4】

場所はシークレッツに戻る。
須藤・津田・川上が席につき、ハルが接客をしている。

ハル　では、こちらに記入してもらえますか。
津田　は、はい。
ハル　あの、必要事項だけでよろしいですから。すいません……
アズマ　ちょっと待って！　何で須藤ちゃんがいるわけ？
須藤　ああ、こいつらは俺の紹介なんだよ。
タジ　何で商売敵が？
須藤　俺のとこはもう手一杯でね。だからこっちに回してあげたってわけよ。
アズマ　だったら須藤ちゃんはとっとと帰れ！
須藤　つれねーな。そんな目の敵にすんなって。
リッチ　目の敵にしてるのは須藤ちゃんでしょう。
須藤　何を言ってんだよ。そんなわけないっしょ！
ハル　もう、接客中なんだから!!

みんながハルに注目する。

ハル　……ちょっと、静かに……　してもらえませんか？
須藤　おっと、ごめんごめん！　みんな静かにしようね。
ハル　（津田に）すいません。
津田　いえ……

津田が用紙に記入し始める。
気が付くとみんなが津田の顔を怪訝そうに見ている。

津田　どうかしました？
ハル　いえ、別に。

記入を続ける津田。
気が付くとやはりみんなが津田の顔を怪訝そうに見ている。

津田　あの……　僕の顔に何か付いてます？
一同　……

アズマがハルの体に触れる。

ハル　（心の声）この人、なんか顔がリアルだなぁ。

今度はタジの体に触れる。

タジ　（心の声）リッアル！　リッアル！　リッアル！

さらにリッチの体に触れる。

リッチ　（心の声）顔がリアルで可哀想に。でも強く生きていくんだよ。

さらに川上の体にまで触れる。

川上　（心の声）てめーは顔がリアルなんだよ、ボケが!!

津田に歩み寄るアズマ。

アズマ　……おまえのあだ名は今からリアルな。

津田　何でそんな唐突に!?

アズマ　あと、君は友達なのに言い過ぎだぞ。
川上　え、俺なんか言った？
アズマ　おいリアル、用件はなんだ？
津田　ちょっと待ってよ。リアルってなんだよ！　本物なんだからリアルに決まってるでしょ！
意味わかんないよ。

みんな笑いを堪えている。

津田　なにこの状況!?　なあ、川上も意味わかんないだろ？
川上　だから俺を直視すんなって言ってんだろ！　早死にするだろが!!

笑いを堪え切れない一同。

津田　むかつくぅ！

そこへ紅茶を持って入って来る百瀬。

百瀬　何を楽しそうに騒いでるの？
津田　全然楽しくないですよ！
百瀬　あら、もしかしてこの子たちにからかわれたの？　ごめんなさいね。お詫びに、イタリア

津田　直輸入のとっても美味しい紅茶を淹れたから召し上がれ。
川上　気を遣わないで下さい。
津田　僕、ミルク下さい！
一同　おまえは遠慮しろよ!!　俺たち客で来てるんじゃ……
津田　ん？
百瀬　客で来てるんだけど、少しは遠慮しようよ。
須藤　いいのよ、遠慮なんかしなくて。お茶とご飯は大勢の方が楽しいもの。
百瀬　百瀬さん、俺にも紅茶淹れてよ。
須藤　あんたはお客じゃないでしょ！　商売敵にお茶出したらおかしいでしょ。
　　　ケチ！

　　　リッチの前に置かれる紅茶。

アズマ　おい、これもっとおかしいだろ⁉　こいつは従業員だぞ!!
百瀬　さっき頼まれたのよ。百瀬さんの淹れた美味しい紅茶が飲みたいって。
アズマ　だからって……
リッチ　ちょっとアズマ君、ティータイム中なんだから静かにしてくれないか。
アズマ　てめーがティータイムって顔か!!　このおでこニョローンが！
リッチ　ぶっ殺します!!
ハル　うるさいよ！　今は接客中だって……

アズ・リ　（ハルを睨み付けて）ああ!!
ハル　ごめんなさい……
タジ　それこそあやまる必要ないよっ!!　今のは完璧にアズマとリッチが悪いって！　むしろもっと怒って!!
ハル　いや、でも……
タジ　おっこれ！　おっこれ！　おっこれ！
百瀬　いい加減にしなさい!!　タジ、調子に乗り過ぎ！　リッチ、熱くならない！　アズマ、キリキリしない！　ハル、もっと自信を持ちなさい！

しょげる一同。

百瀬　しょうがないからみんなの分も用意してあげる。

百瀬は奥へ。

ハル　すいませんね、騒がしくて。
津田　いえ、大丈夫です。

ハルは記入用紙を見る。

ハル　あの、ご職業は？
津田　書かなきゃいけないですか？
ハル　出来れば。
川上　こいつ新聞記者なんだよ。
一同　え？
川上　しかもローカルのあっやしいやつ。超うけるよ。
津田　おまえは余計なことを言うんじゃない！
リッチ　新聞記者ってもしかして⁉
津田　うっ……
リッチ　僕たちにガセネタを作るの手伝ってほしいってことですか？
津田　え？　あ、そうなんですよ！　もう最近面白いニュースとかなくって困ってて、こうなったら捏造《ねつぞう》しちゃえ！　みたいなぁ。
須藤　そんな依頼、うちでいいじゃねーかよ！
リッチ　須藤ちゃんのとこは手一杯なんでしょ。
須藤　そうでした。
アズマ　オッケー‼　じゃあ、パパッとやっちゃおうぜ。
津田　あ、はい！　よろしくお願いします。

思わず津田と握手してしまうアズマ。

津田　（心の声）あぶねぇ～　この茶髪のガキの超能力を調べに来てるのがバレなくて良かった。上手くやり過ごしてしっぽを摑んでやる！

アズマ　おまえ!!

津田の胸倉を摑むアズマ。

津田　な、何ですか!?

アズマ　あ、いや……　このシャツいいねぇ。お洒落だよ。

津田　……ありがとうございます。

ハル　では、段取りを決めちゃいましょうか。

話し合いが始まる。

その頃、百瀬がみんなの分の紅茶を運んで来る。

タジを睨んでいるアズマ。

タジ　どうしたの、変な顔して？

アズマ　このアホが！

タジ　ん？

タジの前に紅茶が置かれる。

タジ　良い匂い。アズマ、砂糖取って！
アズマ　てめーで取れ。俺は誰かさんのおかげで大変な状況に陥ってんだよ！

タジは超能力で砂糖を自分の前に引き寄せる。
それを目撃する津田。

津田　あっ……

慌ててフォローするアズマ。

アズマ　ああ〜!!　砂糖お待たせしました！　俺って優しいでしょ！
タジ　……アズマって、けっこうバカ？
アズマ　てめぇ……

津田は川上を引き寄せてこっそり話し掛ける。

津田　今の見たか？
川上　は？
津田　見てねーのかよ！　おまえ何やってんだよ⁉

川上　紅茶を飲んでる。
津田　こいつ、だめだ……
ハル　どうしました？
津田　いえ、別に！
ハル　では、話の続きなんですが。
津田　はい。

打ち合わせを続ける。
アズマがさりげなく津田に触れる。

津田　（心の声）確かにあの砂糖入れは独りでに動いた。やっぱりあいつ超能力者だよぉ。く……
アズマ　あの、何ですか、この手は？
津田

慌てて手を離すアズマ。

アズマ　いや、これは……
リッチ　すいませんね。彼、ホモなんですよ。
アズマ　てめっ！
川上　マジで⁉　俺、ホモ初めて見た！　これがホモか、すげぇ〜‼

アズマ　ちが……　あ～もういいや！　そう、俺はホモなんだ。だからつい触りたくなっちゃって。
ハル　ごめんね、ホモで！
津田　……とりあえず、話を進めましょう。
はあ。

打ち合わせに戻る。
アズマは百瀬に耳打ちする。

アズマ　百瀬さん、ちょっと。
百瀬　何？
アズマ　だから、ちょっと！
百瀬　何よ？
アズマ　ここじゃあれなんで、ちょっと向こうの部屋で。
百瀬　……あんた、ほんとにホモになったの？
アズマ　ちげーよ!!
須藤　どうりで俺をチラチラ見てると思ったぜ。
アズマ　見てねーよ！　どんな勘違いしてんだ!!
須藤　何、マジに怒ってんの。
アズマ　さあ、百瀬さん！
百瀬　私ホモっぽいけどガチホモじゃないから。

アズマ　いいから来いっつってんだよ!!

アズマは百瀬の腕を摑もうとする。
百瀬はハッと避ける。

百瀬　触らないでって言ったでしょ！　私の心を読もうなんて百年早いわよ！
アズマ　イッ!!
津田　心を読むっ⁉
百瀬　あ、いっけない。

アズマの一連の不可解な行動を理解する津田。

ハル　あ、あの、心を読むって言っても所詮は素人で、ほとんど当たった事ないんですよ。気にしないで下さい。
津田　そうなんですか。スクープ捏造の件はそんな感じで考えておいて下さい。また後で連絡します！　川上行くぞ。
川上　まだ紅茶が残ってる。
津田　いいから!!
川上　何なんだよぉ。

いつの間にかアズマが津田に触れている。

津田　（心の声）すげーよ！　超能力者は一人じゃなかった!!　もしかしたらこいつら全員なのか？　とにかく帰って笠原編集長に相談しよう!!

アズマ　笠原編集長によろしくな！

津田　はい！　……え？　あっ!!

アズマ　全く困ったもんだ。

津田　川上、逃げるぞ!!

アズマを突き飛ばす津田。

川上を引っ張って逃げて行く。

アズマ　おいタジ、あいつらを止めろ！

タジ　オッケー!!

タジは手を翳すが、二人は止まらない。

アズマ　どうした!?

タジ　そういえば、さっき砂糖入れを取るのに力使っちゃった。

アズマ　……泣きてぇ……

ハル　どうしたの？
アズマ　あいつらに……

アズマは須藤の耳を塞ぐ。

須藤　ん？
アズマ　俺らの能力がバレた。捕まえて対策を取らないとヤバい！
ハル　でも、住所とか書いてもらってるし。
アズマ　嘘に決まってんだろ!!　誰かに話される前に捕まえないと。リッチ、来てくれ！
リッチ　悪いけど、僕は現在ティータイム中ですから。
アズマ　こいつ……　しょうがねえ、ハル！
ハル　僕が行っても役に立たないし。
アズマ　たく、どいつもこいつも……

アズマが二人を追う。

タジ　俺は行くぞ～!!

アズマに続いて出て行くタジ。

須藤　ちょっとちょっと！　いったい何が起こったの？
百瀬　あんたが厄介事を持ち込んで来たのよ。
須藤　厄介事？　じゃあ、紹介料は？
百瀬　払うわけないでしょ。それより迷惑料を請求するからね。
須藤　えぇ〜!!

そこへ現れる泉。

泉　あのぉ……
須藤　何だ？
泉　ここって、シークレッツですか？
須藤　おお、便利屋に用事か！　だったらシークレッツより須藤便利商会に……

須藤の足を踏む百瀬。

百瀬　痛い目に遭いたいの？
須藤　うぐぐ……　もう遭ってるよ……

泉に気が付くハル。

ハル　君はあの時の⁉
泉　どうもです。
ハル　どうしてここに？
泉　あの時、便利屋シークレッツって言ってたから。
ハル　ああ、そうか。
百瀬　知り合い？
ハル　さっきタジが言ってた怪しい男たちに追われてた子ですよ。
リッチ　ん！　危険な香りがしますねぇ。

不気味な笑みを浮かべるリッチ。

百瀬　何の用かしら？

百瀬はじっと泉の顔を見つめる。

泉　……
ハル　ちょっと百瀬さん！　そんなに見つめたら可哀想ですよ。
須藤　そうそう。それでなくても怖い顔なんだから。

須藤の足を踏みつける百瀬。

須藤　うぐ……
泉　お願いがあるんです。
ハル　何？
百瀬　ダメよ！
ハル　ダメって、まだ何も聞いてないですよ。
須藤　じゃあ、俺に任せな！　俺も便利屋なんだよ。お願いって何だ？
泉　護ってほしいんです。
ハル　あのマフィアみたいな男たちから？
泉　はい。
須藤　……そう言えば俺、仕事手一杯だったわ。他あたって！
ハル　最悪な人だな……
リッチ　少年よ、僕が君を護ってあげましょう。
百瀬　ダメって言ってるでしょ！
リッチ　どうして⁉　こんな面白そうな依頼、二度とないですよ！
百瀬　悪いけど引き受けられないわ。便利屋より警察に行きなさい。
泉　……お邪魔しました。

泉は帰ろうとする。

ハル　ちょっと待って！　せめてお茶くらい飲んでいきなよ。百瀬さんの淹れる紅茶すごく美味しいんだよ。それくらいいいでしょ、百瀬さん！
百瀬　……しょうがないわね。
ハル　ありがとうございます。確か、泉って呼ばれてたよね？
泉　はい。
ハル　俺はハル。よろしくね！

不安な表情が、小さな笑顔に変わる。

須藤　何だ？　妙に意気投合してるな。
リッチ　須藤ちゃん、いい加減帰りなさいよ。
須藤　紅茶をもう一杯！
リッチ　……

【シーン　5】

津田が走って来る。

津田　くそ、疲れた。もうちょっと体力つけないとダメだな。川上……　って、あれ⁉　あいつどこ行った？　まあ、いいか。とりあえず編集部に急ごう。

アズマ　それはまずいなぁ。

津田　く……

来た道を引き返そうとするとタジが出て来る。

タジ　おっす！

津田　うう……

アズマ　無駄な抵抗はするな。わかってるだろうが、超能力でおまえを捻り潰すなんてわけないことだからな。

津田　わかってます！　助けて下さい‼　この事は誰にも言いません！　僕の心の中だけに秘めておきます！　本当です。信じてください‼

アズマ　そうか、わかってくれるか。

アズマは津田の肩に手を置く。

津田　（心の声）言うに決まってんだろ！　こんな大スクープ誰が逃すものか!!　世界を驚かせてやるぞ！　うひひひひ……

アズマ　おまえ、死ぬか？

タジ　ちょっと待って下さいよ。それずるいっすよ！

津田　とりあえず、捕まえられて良かったじゃん。さあ、こいつ連れてシークレッツに戻ろう。

アズマ　つーか、おまえのせいでバレたんだからな！　もう少し頭を使って行動しろ！

タジ　ごめんなサイボーグ！　ウィーンガシャ、ウィーンガシャ……　なんて!!

アズマ　たく……　その能天気さの半分でもハルにあればな。いつまであの事を引きずんだよ。あいつのせいじゃないだろ。

タジ　ねえ、それなんだけどさ、ハルが自分の能力で過去に何かまずい事をしでかしたってのは聞いたんだけど、もっと詳しい事が知りたいんだよ。教えて！

アズマ　あいつが言わないのに俺が言えるわけないだろ。

タジ　そこをなんとか！

アズマ　ダメだ。

タジ　ケチ！　俺は仲間だから助けてあげたいだけなのに。

アズマ　おめーみたいなアホじゃ、傷口を広げるだけだ。

タジ　アズマはなんで知ってるの？　ハルの心を読んだの？
アズマ　ふざけんな!!　そんな事するわけねーだろ!!　人の心を読むってのは恐ろしい事なんだよ。
タジ　……ごめん……

アズマとタジが話してる隙に逃げ出す津田。

タジ　あ!!
アズマ　てめえ！

が、出て来た鳴海にぶつかる。

鳴海　前見て走らねーと、あぶねーだろ。

鳴海を無視して逃げようとする津田。
その津田を捕まえる鳴海。

鳴海　あやまらねーで行こうなんて、失礼な奴だな。
津田　……す、すいません……
アズマ　こりゃ助かった。
鳴海　おまえ、こいつらに追われてるのか？

津田　はい。
鳴海　なぜ？
津田　……なぜって、理由は言えないんですけど……
鳴海　なら……

鳴海は津田をアズマの前に突き飛ばす。

津田　何で？
鳴海　理由を言えないってのは、やましい事があるからだ。
津田　え〜!!
アズマ　そう！　こいつは俺たち便利屋に依頼をしておきながら料金を払わない不届き者なんだよ。
津田　何を言って……
アズマ　（小声で）あの世に行くか？
津田　勘弁してください。
タジ　やっぱそうだ！　あなた、あの怪しい男たちと超絶バトルした人でしょ!?
鳴海　ん？
タジ　いやぁ、さっきはカッコ良かったよ！　俺、鳥肌立っちゃったもん。
鳴海　さっき吐いてた奴か。
タジ　そう、ゲロゲロ〜って！　あん時は助かったよ。ありがとう！
鳴海　いや、別に……

タジ　俺はタジ！　こういうもんです！

鳴海に名刺を見せるタジ。

鳴海　便利屋シークレッツ？
タジ　うん！
鳴海　便利屋ってことは人探しもやってくれるのか？
タジ　もちろん！　法に触れること以外は何だってやるからね。人を探してるの？　あっ！　あの男の子？　怪しい男たちに追われてた⁉
鳴海　そうだ。あいつを見つけてほしい。
アズマ　おいタジ、今はそれどころじゃねーぞ！　わかってるよな？
タジ　まっかせてよ！　すぐ見つけちゃうから。
アズマ　おまえな！
タジ　あなたの名前は？
鳴海　鳴海だ。
タジ　鳴海さんか。じゃあナルミン、よろしくね‼
鳴海　ああ。
タジ　とりあえず一度事務所に来て！

タジは鳴海を連れて行く。

アズマ　あのアホ……

津田を見て。

アズマ　行くぞ。今度逃げようとしたら、ぶっ殺すからな！
津田　はい……
アズマ　そういえば、あの空気を読むのが苦手そうな奴は？
津田　さあ？
アズマ　まあ、あれは大丈夫か。

アズマと津田も去って行く。

【シーン　6】

場所はシークレッツに戻る。
ハル・泉・リッチ・百瀬・須藤、そしてなぜか川上がいる。

川上　やっぱ美味いよ、この紅茶。
百瀬　でしょ！　このクレームブリュレも食べてね。
リッチ　う〜ん、素晴らしいですね。このクレームとブリュレが絶妙な味を醸し出すんですよね。
川上　携帯忘れてラッキー!!

楽しそうな一同。
ハルが泉に話しかける。

ハル　何で狙われてるの？
泉　……
ハル　じゃあさ、何で警察に行かないで俺たちの所に来たの？
泉　……警察には頼めない。

ハル　どうして？
泉　それは……

辛そうな表情を見せる泉。

ハル　言いたくないなら言わなくてもいいよ。誰にでも秘密はあるからね。
泉　少しの間、あの人たちから護ってもらえませんか？
ハル　う〜ん。引き受けてあげたいけど、百瀬さんがダメだって言うしな。
泉　……
ハル　困ったな……

ハルの予知能力が発動する。

須藤　何二人してしょぼくれてんだよ！　よし、俺が手品を見せてやろう。

須藤は手品を見せる。

須藤　どうだ！　すごいだろ？

ハルと泉はいまいち乗っていない。

須藤　特別にタネを教えてやる。

種明かしをする須藤。

須藤　今度合コンでやってみな。絶対女の子にもてるから！

表から声が掛かる。

松井　すいません！
ハル　はい。

ハルは入り口に向かおうとする。
元の状態に戻る。

ハル　見たのはいいけど……　どうでもいいな、この予知。
須藤　何二人してしょぼくれてんだよ。よし、俺が……
ハル　手品とかしなくていいから。
須藤　え!?　よくわかったな……　でもよ、せっかくだから見てくれよ。
ハル　盛り上がらないよ。

須藤　それは見てから言ってくれよ。
ハル　（小声で）もう見たよ。

須藤は手品を見せる。

須藤　どうだ！　すごいだろ？
ハル　これね、（タネをばらす）だから。
須藤　ちょっと⁉　何でわかったの？

驚きを隠せない須藤。

須藤　マジかよ。俺、メッチャダサくない？
ハル　だからやらなきゃ良かったでしょ。

泉から笑みがこぼれる。
表から声が掛かる。

松井　すいません！
ハル　はい。

表に出ると松井・竹田・梅津が立っている。

ハル　ゲッ⁉　あなた達は……

松井　先ほどは失礼しました。

ハル　何で……

松井　あなた方が便利屋だと名乗っていたのを思い出しましてね。お願いがあってお伺いしました。

ハル　何やってんだ、俺！　こっちを見ないでどーすんだよ‼　バカ、俺のバカ‼

松井　どうかしました？

ハル　いえ……

中が見えないように頑張るハル。

松井　お願いと言うのは、私たちが追っていたあの少年を見つけてもらいたいんです。

ハル　さっき、あんな乱暴しといて虫が良すぎるんじゃないですか？

松井　あなた方は便利屋でしょう。私情を挟むのは良くないですよ。

ハル　でも、ですね……

松井　とりあえず中へ入れてもらえますか。

ハル　ダメです‼

松井　……なぜ？

ハル　それは……

リッチがやって来る。

リッチ　どうかしましたか？
ハル　リッチは引っ込んでて！
リッチ　この人たち怪しいですねぇ。もしかして、あの少年がここに居ると早くも嗅ぎ付けて来たとか？
ハル　リッチィ!!
松井　そういう事だったか。まさかここに逃げ込んでいたとはラッキーだな。
リッチ　トォ!!

中に入ろうとする松井を突き飛ばすリッチ。

リッチ　そうはいかないですよ、悪の秘密結社め!!　このリッチ様が倒してあげましょう。
ハル　事を大きくしないでよ！
松井　そうですか。渡す気はないのですか。しかし便利屋ごときに負える仕事じゃないと思いますよ。
ハル　泉に護ってって頼まれたんだ。便利屋として、請けた仕事はきっちりこなす！
百瀬　引き受けてないでしょ。

ハル　百瀬さん……

松井　では、なおさらあなた達には関係のないことですね。

百瀬　でも、珍しくハルがやる気になってるわけだし、引き受けるとしましょうか。

ハル　あ、ありがとうございます！

松井　では、手荒くなりますよ。

ハル　百瀬さん、泉を！　リッチは俺が警察に連絡してる間……

ハルの携帯を取り上げ投げ捨てるリッチ。

ハル　あ～!!

松井　どうやら我々とやり合いたいみたいだね。

リッチ　はい、それはもうぜひ!!

松井　やれ。

竹田と梅津がリッチに襲い掛かる。
押されるリッチ。

リッチ　やりますねぇ！　こうでなくては。ワクワクしてきました！

梅津　こいつ、なめてんのか？

竹田　なら、これを見ても余裕でいられるかな。

凶器を取り出す梅津と竹田。

リッチ きたぁ!! 最高のシチュエーションじゃないですか!! ありがとう! あなた達ありがとう!!

握手をするリッチ。

竹・梅 え?
松井 頭がイカれてるのか?
リッチ こうなっては仕方ない、リッチマンに変身しましょう!
ハル ダメだよ!
リッチ ばか者! 状況を良く見なさい。それしか手はないでしょう!
ハル 自分で作ったんでしょ!
リッチ 変身、リッチマン!!

リッチは能力を発動する。

ハル リッチもタジも、直接能力系の奴らはどうしてこうなんだよ!
リッチ さあ、悪の秘密結社の戦闘員達よ。このリッチマンがお相手です!

竹田　……こいつ重症だな。
梅津　でも、手加減はしないぜ！

梅津が斬り掛かる。
さらりとかわすリッチ。

リッチ　いいよ、いいよぉ！　手加減せずにドンドンきちゃって下さい!!
梅津　なめやがって！

梅津のナイフを叩き割るリッチ。

梅津　なっ!?
リッチ　ふふふふ……
ハル　やり過ぎだよ!!

須藤が出て来る。

須藤　どうしたの？
ハル　須藤さんは出て来なくていいから!!

ハルは須藤を必死に目隠しする。
続けて竹田が襲い掛かる。
竹田の武器も叩き折るリッチ。

竹田 ゲッ……

ハル だから、やりすぎだって!!

須藤 ちょっと！　どうしたのよ!?

須藤は目隠しを外す。

松井 調子に乗るな!!

リッチに向けて発砲する松井。
しかしリッチは動じない。
それを見た須藤は目が点になっている。

須藤 うそ……

リッチ 銃弾は初めて受けましたけど、僕の勝ちみたいですね。

松井 化け物か……　竹田、梅津、引くぞ！

竹田 しかし、例の罰が……

松井　しかたないだろう！

松井は逃げ去る。
続いて竹田・梅津も逃げて行く。

須藤　おい、リッチ……　大丈夫なのか？

リッチは能力を解く。
すると痛みが発症する。

リッチ　いてて……　もう、これ、ほんと勘弁してほしいですね……
須藤　そんなもんなのっ⁉　いててってって、銃で撃たれて？
ハル　（ごまかして）リッチ大丈夫？　中に入って手当てしよう！
須藤　撃たれたのに家庭の薬箱レベル⁉
百瀬　うるさい！　かすった程度なのよ。

泉が出て来る。

泉　大丈夫でした？　怪我とかしてませんか？
ハル　大丈夫だよ。

須藤　そんなことより警察とか連絡しなくていいの？
百瀬　私たちはとんでもない事件に巻き込まれたの。迂闊に動くと事態をさらに悪化させる恐れがあるから、今は様子をみるわ。
須藤　……そう……　じゃあ、俺巻き込まれたくないから帰るわ。

須藤は帰って行く。
それと入れ替わるように出て来るタジ。

タジ　ここですよ。

続いて出て来るアズマ・鳴海・津田。

タジ　ただいま戻りました〜!!

泉が目に入る。

タジ　って、君は⁉
泉　どうも……
タジ　すっげー!!　俺もう見つけちゃった！　ナルミン、もう見つけちゃったよ。
鳴海　こんなとこにいたのか。

泉　兄さん！
ハル　えっ!?　お兄さん？
　　呆然とする一同。
鳴海　行くぞ。
泉　……
鳴海　どうした？
泉　兄さんは引っ込んでてよ。これは僕の問題なんだ。
鳴海　何言ってんだ。あいつからおまえを護れるのは俺しかいないだろ。
泉　大丈夫。この人たちにお願いしたから。ねえ！
ハル　あ、ああ。だけど……
泉　だから兄さんは引っ込んでて。
鳴海　バカなこと言うな。便利屋ごときが何の役に立つ。
泉　役に立つさ！　（リッチを指して）この人とかすっごい強いんだよ。さっきも追って来た人たちを簡単にやっつけちゃったんだから。
リッチ　まあ、それほどでもあるかな！
鳴海　じゃあ、どんだけ強いか見せてもらおうじゃないか！
リッチ　え、今は無理ですよ。痛みが引かないうちに力を使ったら激痛で死んじゃいますから。
鳴海　わけのわからねえことを言ってんじゃねえ！

リッチ　ちょっと待って！　タイム！　タイム!!

鳴海の一撃に沈むリッチ。

リッチ　無念……

鳴海　こいつのどこが強いんだ？

泉　……

鳴海　さあ、行くぞ。

泉　僕はこの人たちに頼んだんだ！　だからほっといてよ!!

泉の強い気持ちにおされる鳴海。

鳴海　俺より、こいつらの方が信じられるってわけか？

泉　……そうだよ。

二人の間に重い空気が漂う。

鳴海　そうか。

泉　……

鳴海　おまえにとって、俺はそんなに頼りにならないか。

泉　……

鳴海　わかったよ。

鳴海は踵を返して去って行く。

タジ　ナルミン！

ハル　どうなってるの？

タジ　ちょっと、そんな言い方は酷いんじゃないの！　ナルミン、メッチャ心配してくれてるのにさ。

泉　……

そこへ出て来る川上。

川上　何かあったの？

津田　あ、川上っ⁉　おまえどうしてここに？

川上　携帯を忘れたついでに紅茶を飲んでた。

津田　なんて奴だ……

アズマ　とりあえず、こいつどうする？

百瀬　はい。

百瀬はスプーンを津田に渡す。

津田 何ですか？
百瀬 これを曲げられるようになりなさい。そうすれば私たちの仲間入りでしょ。
津田 え⁉
百瀬 もし出来なかったら……　殺すわ。
津田 え⁉　出来るわけないじゃないですか‼
百瀬 じゃあ、秘密を守る為に死んでもらえる？
津田 曲げま～す‼
百瀬 タジ、教えてあげなさい。
タジ え～　めんどくさいよ。
百瀬 嫌なの？
タジ 教えま～す！
百瀬 とりあえず中に入りましょう！
ハル リッチ、立てる？
リッチ 強烈な一撃でした……
泉 大丈夫ですか？

泉はリッチに触れた後ふらつく。

ハル　どうしたの？
泉　ちょっと、貧血気味なんです。

中に入って行く一同。
そんな様子を陰から見ていた甲本と乙黒。
甲本は双眼鏡をおろす。

甲本　ほぉ、能力を持った奴がいるのか。これは面白くなりそうだ。十条の旦那に思いっ切り報酬を弾んでもらわないと。なあ、オッツ。
乙黒　甲本の兄貴、能力を持った奴がいるよ。こりゃ面白くなりそうだ。十条の旦那に……
甲本　オッツ、オッツ!!
乙黒　ん。
甲本　それは今俺が言った。
乙黒　え、そうなのっ！　気が付かなかった。
甲本　それと、おまえの持ってるの、望遠鏡じゃなく万華鏡だぞ。
乙黒　そうだったのかっ⁉　だからキラキラして見づらかったのか。
甲本　間違えるか、普通……

甲本は姿を消す。

乙黒　ちょっと、待ってよぉ！

乙黒も姿を消す。
シークレッツではみな席に付いている。
津田は端っこで一生懸命スプーンをこすっている。
そのすぐ横で紅茶を飲んでいる川上。

ハル　リッチ、大丈夫？
リッチ　それが全然痛みがなくなったんです。どうしてでしょ？
泉　兄がすいませんでした。
ハル　ていうか、泉を追っている連中って普通じゃないよね。銃まで持ってたし。
アズマ　何をやらかしたんだ？　そうとうヤバい事に首を突っ込んでんだろ！
泉　……
アズマ　俺らを巻き込んでおいてだんまりか？
ハル　きつい言い方をするなよ。
百瀬　そうよ。あんた達だって、重い秘密を抱えて誰にも相談できずに一人で苦しんできたんじゃないの！　この子も同じよ。
ハル　そうだよ。百瀬さんの言うとおりだよ。泉も俺たちと同様に……　ん、まさか⁉
泉　……
百瀬　あなたも能力者ね？

一同　え？
泉　あなたもってことは……
百瀬　この子たちも能力者。
泉　やっぱりそうだったんだ。ハルさんたちに出会った時、なんか僕と同じ匂いを感じたんだ。
ハル　うそ……　泉も俺たちと同じ能力者……
タジ　すっげー!!　マジで!!
リッチ　なんというビッグサプライズ！
タジ　ねえねえ、イズミンはどんな力を持ってるの？
百瀬　さっき見たじゃない。
タジ　え？
百瀬　ねえ、リッチ。
リッチ　……もしかして、僕の痛みが消えたのは？
百瀬　そう、この子の力。怪我や病気を治す事が出来る力よ。
タジ　そうなの？
泉　はい。
リッチ　おお、サンキューベリーマッチ！
タジ　なんかすげえな、それ！
アズマ　もしかして、あいつらに追われてる理由って、その力に関係してるのか？
泉　（頷く）
ハル　どういうこと？　泉の力をどうしようとしてるの？　あいつらは何者なの？

泉　……
ハル　俺たちは同じ力を持った仲間だよ。助けたいんだ！　だから教えて!!
泉　あいつらのボスの名は十条と言います。僕の力を使って金儲けをしようとしてるんです。
ハル　どうやって？
泉　わからない……　でも、突然監禁されて、なんとか隙を見て逃げ出してきたんだ。
リッチ　う〜ん、いい展開じゃないですかぁ！
ハル　お兄さんはそのことを知らないの？
泉　あいつらに狙われてるのは知ってるけど、僕の能力は知らない。だから鳴海兄さんを巻き込みたくないいんだ。能力も知られたくない。
ハル　泉……
タジ　そうだったんだ。大切な人だからこそ打ち明けられなかったのか。
泉　……
リッチ　わかるよ、その辛さ。
タジ　さっきはきついこと言ってごめん。
ハル　よぉ〜し、任せてよ！　俺らシークレッツが必ず泉を護る！
リッチ　ずいぶん気合が入ってるみたいですけど、どうしました？
ハル　え、そうかな。
アズマ　張り切り過ぎて無茶すんなよ！
タジ　でもね、ハルの予知能力が役に立ったためしなんかないいんだよ!!　ハルの力で泉を助けようなんて無理無理無理！

アズマ　タジ!!
タジ　あ！　いや、今のはそういう意味じゃ……
ハル　いいんだよ。確かに俺の力じゃ何も出来ない……
アズマ　バカ！
タジ　うう……
リッチ　まあ、僕がいる限り泉君が連れて行かれる事なんかないんですから、みなさんは安心していてください。
アズマ　だってよ。良かったな泉。
泉　ありがとうございます。
アズマ　にしても、仲間に会うのなんてこいつら以来だな。何年ぶりだ？
ハル　すっごく嬉しいよ！
泉　僕もです！
百瀬　しばらくはここで暮らしてもらう事にしましょう。ハルの隣の部屋、後で案内してもらって。
泉　はい。
タジ　よーし、そうと決まったら早速作戦練らない？　誰がどういう役割で動くとかさ！
アズマ　なんだよおまえ、いつになく頭を使おうとしてんじゃん。
タジ　ふっふーん！　俺だってイズミンの役に立ちたいもんね！
百瀬　でも、その前に食事にしましょう。泉君、あなたに今一番必要なのは美味しい食事をきちんと食べること。しかも大勢でね！　健康な肉体と精神は食事によって作られるの。私が

タジ　思いっきり腕を振るってあげる。
アズマ　やったー!!
百瀬　とか言って、吉牛とかやめろよ。
アズマ　えっ!?　あなたいつの間に私の心を読んだの？　たった今腕を振るうとか言ったでしょ！

奥へ入って行く百瀬。

アズマ　ちょっと！

追って行くアズマ。

タジ　せっかくだからカワカミンもどう？
川上　マジ、俺もいいの？
タジ　いいに決まってんじゃん！　ご飯はみんなで食べた方が楽しいもん。
川上　ラッキー!!
ハル　んじゃ、俺も支度手伝うとするか！

ハルも奥へ入って行く。

泉　僕も！

タジ　俺も!!　ほら、リッチも！　みんなも手伝って！

準備を始める一同。

【シーン　7】

深夜のシークレッツ。
アズマがソファにもたれ掛かっている。

アズマ　やべ、食い過ぎた……　苦しい。

そこへ入って来るハル。

ハル　何やってんの？
アズマ　お、ハルか。まだ起きてたんだ。
ハル　事務処理が終らなくて。
アズマ　ふ～ん。
ハル　あ、胃薬飲む？
アズマ　ああ。

ハルが胃薬を取り出す。

ハル　はい。
アズマ　なんだ、そこにあったんだ。
ハル　食べ過ぎには注意しないと！
アズマ　んなこと言ったたって、百瀬さんが無理やり食わせんだからしょうがないだろ。
ハル　百瀬さん、食べさせるの好きだもんね。俺もけっこう食べ過ぎちゃって、さっきそれ飲んだところ。
アズマ　道理で。

胃薬を飲むアズマ。

アズマ　たく……　これじゃ、太っちまうよ。
リッチ　もう手遅れかと思いますが。

いつの間にか現れているリッチ。

アズマ　バカ言うな。まだ、ちょこっと太っただけだ。

じっとアズマを見つめるリッチ。

リッチ　充分肥えてます。
アズマ　俺は骨太なんだよ。んなことより、リッチは何してんだ？
リッチ　見ればわかるでしょう。お茶を飲んでるんですよ。ぐっすり眠れるようにリラクゼーションタイムを設けているのです。
アズマ　ああ、そうでございますか。
リッチ　君たちも飲みますか？
アズマ　俺はいらねえ。
ハル　僕、もらおうかな。
リッチ　承知いたしました。
タジ　俺も俺も！

タジが出て来る。

アズマ　何だよ、タジも起きてたのかよ？
タジ　なんか興奮して眠れないからＤＶＤでも見ようと思って降りて来た！
ハル　タジはお腹大丈夫？
タジ　けっこう苦しい……
ハル　胃薬飲む？
タジ　いいよ、苦いから。
リッチ　腹八分目と言うでしょう。少し自制心を持ちなさい。

アズマ　何言ってんだよ！　百瀬さんが無理やり食わせんじゃねーかよ。
ハル　にしても、リッチにはあまり食え食えって言わないね。
アズマ　食べた分だけエネルギーが有り余っちまうからじゃねーか？
タジ　でもさ、みんなでご飯食べるのって楽しいよね！
アズマ　まあな。
リッチ　一番のリラクゼーションであることは確かですね。
ハル　そうだね。
タジ　はじめは超仲悪かったのにね。やっぱ同じ釜の飯を食うっていうのは大事なんだよ。
アズマ　そういや昔、おまえら凄まじい喧嘩したことあったよな。
ハル　あったね。あれはすごかった。

顔を見合すタジとリッチ。

リッチ　若気の至りですよ。
タジ　そうそう、ノリだよノリ！
アズマ　冗談じゃねーよ。お互い能力全開でやり合いやがって。
リッチ　能力全開と言っても、タジのは一回こっきりだから基本的には僕のが優勢でしたけどね。
タジ　な！
アズマ　その一回が強烈だったじゃねーか。隣の家の塀がここに突っ込んで来たんだぞ。
タジ　うんうん。

アズマ　あれは死ぬかと思ったよ。
リッチ　それはそれで良い経験じゃないですか。
タジ　そうだよ。スペシャルマッチを特等席で見れたんだから、ありがたいと思わなきゃ！
アズマ　何言ってやがる。だいたいタジは後先考えずに行動しすぎなの。で、リッチはちょっとした事でカッとなりすぎ。
リッチ　ちょっとした事でネチネチ嫌味を言う小さい人に言われたくありません。
アズマ　何だと⁉　この単細胞の腕力バカが！
リッチ　おめえ、ぶっ殺す‼
ハル　ちょっと二人共！
アズ・リ　ああ‼
ハル　う……
タジ　（百瀬を真似て）リッチ、熱くならない！　アズマ、ピリピリしない！　なんて、似てた？
　　　俺、面白いでしょ！

水を差された形になったアズマとリッチ。

リッチ　あまりの似てなさに、高ぶった気持ちが一気に萎えましたよ。
アズマ　なんか、まだまだだな俺たち。
タジ　でもさ、あん時も百瀬さんにすっげー怒られたよね。
ハル　（百瀬を真似て）喧嘩ばっかかするのは栄養が足りてないせいよ！　食事しなさい食事‼

アズマ　って。似てねーし。
タジ　でも、きっと大事なことなんだって！　それまで俺たち、ずっと一人ぼっちで食事とも言えないくっだらないもんばっか食ってたじゃん。
ハル　さっき泉に言ってた言葉を聞いて、初めて百瀬さんに会った時を思い出しちゃった。百瀬さんが言ってくれる事は、いつも俺たちの事を考えてくれての事なんだよね。
リッチ　そうですね。僕にこれからはずっと敬語で喋りなさいって言った意味も、最近ちょっとわかってきました。
アズマ　敬語だとなかなかキレられねーからな。リッチは少し闘争本能を抑えるために野菜を食え。
リッチ　はっはっは。それくらいじゃ僕の心の火は抑えられませんよ。
アズマ　やっぱわかってねーじゃんかよ！

ふと切り出すハル。

ハル　泉もシークレッツの仲間入りするかな？
アズマ　……行き場所がないならな。
タジ　僕たちみたいに？

長い沈黙。

アズマ　……でも、泉は俺たちとは違う気がする。
タジ　どういうこと？
リッチ　なんと言うか……　見た目は弱い感じなんだけど、芯はしっかりしているような気がします。
タジ　ふ～ん。
ハル　あいつらまた襲って来るかな。
アズマ　来るだろうな。
リッチ　来てもらわなくては困りますよ。まだまだ暴れたりないですから！
タジ　ほんとだよ。今度は僕がギッタンギッタンのケチョンケチョンにしてやるんだから！
アズマ　ほんと能天気でいいよおまえらは。
タジ　ん？
アズマ　いや、なんでもない。頼りにしてるぜ、相棒共！
タジ　おう！
アズマ　んじゃ俺寝るわ。おやすみ！
タジ　おやすみ!!

アズマは部屋を出て行く。

ハル　じゃあ俺も寝ようかな。明日も朝イチで仕事だし。じゃあ、あとよろしくね！

ハルも部屋を出て行く。

タジ　俺も寝よっかな。

リッチ　ＤＶＤ見ないんですか？

タジ　なんか良い気分だから、このまま寝ちゃおうと思ってさ！

リッチ　そうですか。じゃあ僕も。

二人はソファから腰を上げる。

リッチ　何のＤＶＤを見ようと思ってたんですか？

タジ　モンスターボックス!!　面白いらしいよ！

リッチ　へえ。

パッケージを見るリッチ。

リッチ　この結界師とかいう役の人、ずいぶんカッコ良いですね！

タジ　でも、おでこすっごい広いよ～!!

リッチ　……

明かりが消えて行く。

【シーン　8】

十条と松井たちがいる。

十条　また失敗するとは、参ったね……
松井　まことに申し訳ありません。
十条　しかし、君たちの報告が本当だとすると、これはなかなか厄介な事になりそうだ。
松井　やはりあいつらは……
甲本　能力者だ。間違いない。
乙黒　間違いないぞ！

甲本と乙黒が現れる。

松井　甲本、乙黒⁉
甲本　よう松井ちゃん、元気か？
松井　おまえら……
十条　甲本君にも協力を願った。

乙黒　おいおい、俺もだぞ。
松井　よりによって、このバカコンビに……
甲本　おまえらが無能だから俺らが呼ばれたんだぜ。
竹・梅　なんだとぉ！
乙黒　やんのかぁ!!
松井　よせ！
甲本　オッツも！

ギリギリで睨み合う両者。

十条　にしても、相手が能力者だったとは。能力者同士は引き合うものなのか？
松井　いかがいたしましょう？
十条　まあ、そう心配する事はない。彼らの能力さえ把握できれば手の打ちようはある。甲本君、もっと情報が必要だ。
甲本　任せて下さい。いくぞオッツ。
乙黒　おう！　どこへ？
甲本　いいから来い！

甲本と乙黒は姿を消す。

松井　では我々も。
十条　待ちなさい！　罰を忘れちゃいけないよ。
三人　……
十条　さあ、三人でジャンケンしなさい。負けた奴が代表で罰を受けるんだ。

三人のジャンケンで、負けた者が罰を受ける。

十条　よし、行っていいぞ。

三人が去ろうとすると鳴海が入って来る。

鳴海　どういうつもりだ、泉を監禁なんてしやがって？　泉に危害を加える奴は相手が誰であろうとぶっ倒す!!

松井が十条の前に立つ。

十条　大丈夫だ。
松井　はあ。
十条　丁度良かった。おまえに頼みたい事があったんだよ。
鳴海　何言ってやがんだ。俺はてめえをぶっ飛ばしに来たんだよ。

十条　いいや、おまえは私の言う事を聞かざるを得ないんだよ。
鳴海　何⁉
十条　弟思いのおまえなら。
鳴海　……

十条はゆっくり鳴海に近づき、耳元で何かを囁く。

鳴海　何だと……

【シーン 9】

朝を迎えたシークレッツ。
ひたすらスプーンに向かっている津田。
その隣で眠っているタジ。

津田 ちょっと起きてくださいよ！
タジ なんだよぉ！ もうメッチャ眠いよ。
津田 全然曲がんないっすよ！ どうやるんですか？
タジ だから、スプーンが曲がるってことがどんなことなのか、いろんな角度から深く深く考えるんだよ。そうすると、脳の奥がほんのり熱を持った感じになってくるから、そしたらその熱をスプーンに伝えればいいの。
津田 やってるんですけど曲がらないんです。

タジは寝ている。

津田 寝てる場合じゃないでしょ!! これが出来なかったら僕死ぬんですよ。

タジ　死ねばいいじゃん。
津田　何をさらりと言ってるんですか!!　あなた、僕の教育係なんだからしっかり教えてくださいよ。
タジ　もうぉ！　何で俺が教えなきゃいけないの!!
津田　これが一番簡単だからじゃないですか？
タジ　だったら曲げろ!!
津田　だからコツとか教えてくださいよ！
タジ　うるさいなぁ！　こうだよっ!!

タジは置いてあったゴルフクラブをねじ曲げる。
目が点になる津田。

タジ　今度起こしたら、おまえの背骨をひん曲げるからな。
津田　はい……

タジは眠りにつく。
津田は泣きそうになりながらスプーンを直視している。
外から帰って来るハルと泉。

ハル　ふぅ、疲れた……

泉　こんな朝早くから仕事なんて、便利屋も大変だね。
ハル　ほんと、犬の散歩くらい自分でやってほしいよ。
泉　(笑う)
ハル　ごめんね、付き合わせちゃって。昨日夜遅くまで起きてたから眠いでしょ?
泉　全然。
ハル　みんな久々に仲間に会ったもんだからはしゃいじゃって。
泉　楽しくて良い人たちばかりですね。
ハル　そう思う?
泉　はい。
ハル　みんなちゃんと心を取り戻してるんだ。
泉　え?
ハル　最初はみんな酷かったんだよ。
泉　……
ハル　タジは力を使って盗みを働いてたし、リッチは気に入らない奴を片っ端から傷付けてたし、アズマは人の嫌な部分を知りすぎて極度の人間不信に陥ってた。そんなところを百瀬さんに拾われたんだ。能力を信じるんじゃなくて、まず自分を信じなさいって。そして何か人のためになる事をしなさい。そうすれば自分に負ける事なんかないって言って、この便利屋を作ってくれたんだ。
泉　そうなんだ。
ハル　ほんと不思議な人だよ。

泉　ハルさんは前はどうだったの？
ハル　え？
泉　特別な力を持ってても今の様な優しいハルさんだったの？
ハル　俺は……

ハルの顔が曇る。

泉　ハルさん？
ハル　俺の予知なんてたいした能力じゃないからね。何の役にも立たないし、普通の人と変わらないよ。
泉　そんなことない！　ハルさんが自分の力を信じないから上手くいかないだけだよ。
ハル　かもね。でも、ほんとに役に立たないんだよ……　こんな力なんて、ない方が良かった。
泉　ハルさん……
百瀬　あら、戻ってたの。
ハル　散歩行って来ました。
百瀬　お疲れさま。コーヒーでも飲む？
ハル　僕が淹れます！

逃げるように奥へ入って行くハル。

泉　いけないことを聞いたのかな。
百瀬　あの子は、誰より傷付いてたわ。
泉　えっ⁉
百瀬　優しすぎて、自分の力に押し潰されそうになってたの。
泉　何があったの？
百瀬　それは私の口からは言えないわ。
泉　……
百瀬　みんなと出会って少しはましになったけど、まだまだね。自分が嫌いで、人よりダメな人間だと思いすぎて、自分の殻に閉じ篭ってしまう。なぜか、あなたには気を許すみたいだけど。
泉　そうなんですか……
百瀬　どうしたらいいものかしらね。
泉　……僕らの力って何なんだろう……
百瀬　そうね。それはずっと考えていかなきゃいけないわね。

そんな百瀬を見て、泉は意を決する。

泉　百瀬さん、聞いてほしい事があるんです。
百瀬　何かしら？

その時、別の空間に出てくる鳴海。
携帯で誰かと話をしている。

鳴海 ほんとに、ほんとにそれでいいのかよ⁉　……ごめん。わかったよ。

重い表情で電話を切る。

鳴海 くそっ！　なんでこんな事に……　泉……　俺はおまえを助ける。おまえには嫌われるだろうが、俺は……　おまえを護る……

場所はシークレッツに戻る。

百瀬 ふ～ん、そうだったの。（独り言で）ハルはそれを感じ取っていたのね……

泉 え？

百瀬 この出会いは運命なんだわ！

泉 はぁ……

百瀬 泉君、私にもどうしたらいいかわからない。でも、ハルならきっとあなたを助ける事ができる。そして、ハル自身も。

泉 ……

泉をじっと見つめる百瀬。

百瀬　頑張るのよ。
泉　……はい。

ハルが出て来る。

ハル　コーヒー入りましたよ。
百瀬　ありがと。

百瀬は中へ入って行く。

泉　百瀬さんって、不思議な魅力のある人ですね。
ハル　そうなんだよね。あの人も本当は能力者なんじゃないのかな?
泉　ハルさん、コーヒー飲みましょう!
ハル　うん。でも、俺が淹れたからあんまり美味しくないかも……
泉　えぇ～

笑いながら中へ入ろうとするハルと泉。
そこへ現れる乙黒。

乙黒　コーヒーなんか飲んでる場合じゃねーぞ!!　おまえは俺と一緒に来るんだからよぉ！
ハル　誰、この人？
泉　さあ……
ハル　たぶん十条の手下だよね。
泉　でもこんな変な人見たことないです。

乙黒は武器を取り出す。

ハル　リッチ!!
リッチ　言われなくったって、すでに参上していますから。

出て来るリッチ。

リッチ　百瀬さんに思いっ切りやっていいって言われてるから、暴れちゃうよぉ！　リッチマン!!

リッチは能力を発動する。

乙黒　よっしゃ、いくぞぉ～!!

一発でふっ飛ばされる乙黒。

リッチ　見たか、これがリッチマンだ！

乙黒　あぶねえ……　兄貴の言うとおり衝撃吸収素材を入れておいて良かった！　あばよ!!

去って行く乙黒。

リッチ　何でしょう？

ハル　あいつ俺たちの力に気付いてた！　リッチ、能力を解いちゃだめだ！

リッチ　バカを言いなさんな。長く使った分だけ痛みが増すんだから。

ハル　でも……

リッチが能力を解く。

リッチ　いたたたた……

ハル　ヤバくない？

リッチ　ああ。あのキャラは完全にアウトだね。

ハル　そうじゃなくて！　あいつ、能力に気付いてたんだよ！

リッチ　そんなの関係ないでしょ。

十条と松井・竹田・梅津が現れる。

十条　大ありですよ。

ハル　あなたは？

泉　……

ハル　もしかして、この人が十条⁉

泉　はい。

十条　君たちの事を調べさせてもらいました。

ハル　えっ⁉

十条　リッチ君は強化系の能力ですね。そして、能力を使うとその反動で体を痛めてしまう。だから続けて能力を使うことはまずありえない。ハル君は予知能力だね？

ハル　……

十条　では直接戦えない。泉は頂いていきますよ。

ハル　そうはいかない！

ハルが泉の前に立つ。

十条　君に何が出来る？

ハル　……

アズマ　こらこら、俺らだっているんだぜ！

アズマが出て来る。

ハル　アズマ！
アズマ　おいタジ出番だ！　十条たちがやって来た。バレてるんなら構うことはねえ。みんなまとめてぶっ飛ばしちまえ！
タジ　おう！　タジタジ〜　ドーン!!

タジは手を翳すが何も起こらない。

タジ　ん!?　何で？　俺、いつ能力使ったんだ？
アズマ　何やってんだおまえは!!　くそ！

アズマは持ってた護身用のゴルフクラブを構える。
そのゴルフクラブは曲がっている。

アズマ　何だこりゃ!?
タジ　そうだ！　俺、これを曲げたんだ。
アズマ　てめえはいい加減にしろよ!!　これでどうやって戦うんだよ!!
タジ　これはこれで使い方によっては……

アズマ　しかも、まだローンも払い終わってねーのに……　弁償しろ!!
タジ　そんなお金ないよ。知ってるでしょ？
アズマ　んなの関係ねー!!
ハル　ちょっと、揉めてる場合じゃないよ！
十条　念力のタジ君と心を読めるアズマ君だね。いやいやびっくりだよ。超能力者が集まって便利屋をやってるなんて。実に面白い。
ハル　よく調べてるね。
十条　タジ君は一度能力を使うとインターバルが必要だ。これで怖い人はいなくなった。

一同に緊張が走る。

十条　この状況を予知されるのが一番怖かったが、それもなかった。君の予知能力は突発的で、コントロール出来てないようだ。
ハル　泉をどうする気？
十条　君たちに説明する気にはなれない。では、泉はもらって行くよ。
アズマ　あまいな！　おい、リッチ。
十条　力を使えなければ、松井たちには到底及ばないでしょう。
アズマ　泉の能力を忘れてるんじゃないんですか？
ハル　あ、そうかっ!!
リッチ　泉君、回復を頼む！

泉　うん。

泉はリッチの体の痛みを消す。

リッチ　ハイオク満タン入りました！　さあ、形勢逆転ですよ。リッチマン!!

リッチは再び能力を発動する。

十条　行け！

松井たちがリッチに襲い掛かるが、リッチには到底及ばない。

リッチ　と言う訳で、あなた達に勝ち目はないですね。

リッチは能力を解く。

リッチ　いててて……　これでわかったでしょ。あなた一人じゃどうにもなりませんよ。

甲本と乙黒が現れる。

甲本　おっと、まだいるんだな。相手をしてくれよ。
リッチ　もぉ、しょうがないなぁ。何人現れようが無駄なのに。泉君！

リッチを回復させる泉。
泉はかなり苦しそうにしている。

十条　計算通りだな。頼むぞ。
甲本　了解！
リッチ　リッチマン!!　行くぜ！

リッチに圧倒される甲本と乙黒。

甲本　こりゃ歯が立たないなんてもんじゃないな。

能力を解くリッチ。

リッチ　いてててて……　いい加減わかったでしょ。僕には誰も敵わないって！
十条　ああ、わかったよ。私の勝ちだってことが。
リッチ　はあ？
十条　最後のカードを使わせてもらうよ。

リッチ　勝手にして下さい。

鳴海が出て来る。

リッチ　えっ⁉
タジ　ナルミン！
ハル　どういうこと⁉
鳴海　泉はもらっていく。
ハル　何で鳴海さんが？
リッチ　しょうがないなぁ。泉君、もう一回よろしく！

リッチを回復させようとするが、泉は倒れる。

リッチ　泉君？
十条　やはりな。おまえの力はこれが限界なんだ！
ハル　どうしたんだ泉⁉
十条　泉の能力は、使った分だけ自分のダメージとして跳ね返ってきてしまうんだよ。気が付かなかったのか？
ハル　そうだったの？
十条　あまいのは君らの方だね。

アズマ　おいリッチ。思い切って、もう一度能力使えよ!!
リッチ　バカを言うんじゃねえ！　この激痛で使ったら死んじまうだろうがっ!!
アズマ　だったら安心してくださいとか大口叩くんじゃねえ！
ハル　どうすんの？
アズマ　泉の兄貴一人だ。みんなでかかればなんとかなるだろ！
タジ　一か八かいく？
アズマ　いくぞ!!

一斉に鳴海に飛び掛かるが、一蹴されてしまう。

タジ　全然ダメじゃん……

鳴海は倒れている泉を抱える。

十条　よくやった。さあ泉これでわかったろ。戻るよ。

起き上がる松井・竹田・梅津。

松井　やっと動けるまで回復したか……
竹田　懲り懲りだな。

梅津　まったくだ。

甲本と乙黒も起き上がる。

甲本　こんな依頼はこれっきりにしてもらいたいね。
乙黒　これっきりだ!!

倒れているリッチを蹴り飛ばす乙黒。

松井　死人に鞭打つようなことして、あいかわらず乙黒君はカッコいいな。
乙黒　おお、そうだろ!!　俺ってカッコいいだろ。
甲本　オッツ。今のは皮肉だ。松井はおまえのことをカッコ悪いって言ってんだよ。
乙黒　何、そうなのか!?　くそ、ぶっ飛ばしてやる!
甲本　よせ!　引き上げだ。
乙黒　でもよぉ……

いつの間にか現れている百瀬に挨拶をする十条。

十条　あなたがここの責任者ですか。
百瀬　ええ。

十条　泉が無理な依頼をしたようで、こちらにとってもご迷惑だったでしょう。あとで幾らか持ってこさせますから、どうぞお納め下さい。
百瀬　結構ですわ。私共の依頼人はあくまで泉君ですから。それに任務は失敗のようですし。
十条　そうですか。では失礼。
百瀬　どうも。

去って行く十条たち。
残されたハルたちには悲壮感が漂っている。

リッチ　参りましたね。護ってやるって約束したのに……
アズマ　完全に俺たちの負けだな。
タジ　ナルミン、いったいどうしちゃったんだ？　なんで十条なんかに⁉
ハル　俺は何やってんだ！　これを予知しないでどうする。やっぱり俺は役に立たない……

しょげ返る一同。

百瀬　情けないわね。
一同　……
百瀬　で、どうするの？
アズマ　どうするもなにも、俺たちの手には負えないだろ。

リッチ　能力を知られているって事がこうもまずいとは。
タジ　僕らの力って秘密にして初めて威力を発揮するんだ……
百瀬　やっと気が付いた？　あなた達の力なんてこーんなものなの！　全然大した事ないのに得意気になっちゃって。これでいかに自惚れてたかわかったでしょ。そういう意味では良い機会だったかもね。
一同　……
百瀬　で、助けに行くの行かないの？
一同　……
百瀬　だったら、朝食にしましょう。

みんな動けない。
そこへやって来る須藤。

須藤　おいおい、何だ何だ？　ずいぶん騒がしかったけど朝っぱらからみんなで何やってんだ？
タジ　須藤ちゃんは引っ込んでてよ。
須藤　しけた顔してどうしたよ？　あ、百瀬さん、昨日言ってた迷惑料、ドーンと払ってやるぜ。

須藤は分厚い札束をチラつかせる。

タジ　すっげー大金じゃん!!　どうしたの？

須藤　それがさ、変な二人組みがおまえらのプライベートを詳しく教えてくれたら金をやるって言ってさ。ラッキーだよね～!!
アズマ　てめえだったか！
リッチ　ぶっ殺してやる!!
須藤　え、何？

リッチが須藤に殴り掛かる。
必死に逃げ回る須藤。

須藤　そんなに怒るなよ。ハルが手品のタネを見破るのが上手いとか、アズマがよく人の体に触ってホモっぽいとか、そんな他愛もない事しか話してないよ！
アズマ　それがアウトなんだよ！
百瀬　やめなさい!!　早く中に入って朝食にしましょう。ほら！
リッチ　たく、いつか痛い目に遭わせてやるからな。
須藤　リッチ君いつもとキャラ違うよ？
リッチ　うるせえ!!　やってられっかよ……

みんなは中に入るがハルは座ったまま。

百瀬　ハル？

ハル　……

　ゆっくりと部屋に入って行くハル。
　が立ち止まり動かなくなる。

百瀬　どうしたの？
ハル　……約束したんだよ。護ってやるって。
百瀬　……
ハル　泉をこのままにしておけない。
アズマ　んなこと言ったたって、どうしようもないだろ。
リッチ　返り討ちになるだけだってんだよ。
ハル　でも……

　ハルに圧し掛かる過去の出来事。

ハル　このままじゃ、また同じことの繰り返しだ。
アズマ　ハル……
ハル　だから……

　意を決するハル。

ハル　助けに行く。俺は……　泉を助ける‼
百瀬　そう。
　百瀬はアズマ、タジ、リッチを見つめる。
百瀬　あなた達はどうするの？
　沈黙するタジ・リッチ・アズマ。
ハル　大丈夫だよ！　俺のわがままで泉の依頼を引き受けちゃったんだし、これ以上みんなに迷惑を掛けられない。俺一人で行く。
百瀬　あらそう……　だって！　じゃあハルのために元気の出る特別朝食メニューを作らないとね。
タジ　ちょっと百瀬さん⁉
百瀬　なに？
タジ　……
百瀬　だってあなた達は行かないんでしょ？　そりゃ怖いわよねぇ。大きな敵もいないここで、呑気に力を使っていた自分たちにがっかりしちゃったんだもんね。
アズマ　呑気にって……　それに、力のあるなし関係なくこんなの便利屋のキャパシティ遥かに越えてるだろ！
百瀬　あら、ハルは便利屋として仕事をしに行くの？
ハル　ううん。きっとそんなの最初から関係なかったんだ。能力を信じるんじゃなくてまず自分を信じなさいって、このシークレッツを作ってくれた時に言ってくれたあの言葉……　今そうしないと、本当に自分に負けちゃうような気がするんだ。

アズマ・タジ・リッチに突き刺さるハルの言葉。

タジ　俺行く！
アズマ　おい、そんな簡単に……
タジ　簡単で何が悪いの？　仲間のためじゃん！　相棒のためだよ！　簡単じゃん!!
ハル　タジ……
リッチ　そうですね。それに悪を叩き潰すって事は、世界平和を願う僕の使命ですからね。
アズマ　おまえらな……
百瀬　アズマ、この子たちの言葉に嘘がないの、あなたにならわかるでしょ？
アズマ　……
百瀬　それでもまだ信じられない？
アズマ　……
須藤　あの……　ものすごいシリアスなところすいませんけど、俺帰っていい？
百瀬　ああもう面倒臭いわね。じゃあこうしましょう！　今からみんなで泉君を助けに行く。こ

アズマ　れは私からの依頼よ。
百瀬　え？
依頼料ならここにあるわ！

須藤のお金を取り上げる。

須藤　ちょっと！　それ俺の……

須藤の足を踏みつける百瀬。

須藤　いたたたた！
百瀬　この子たちのおかげで稼いだんでしょ。だったらみんなで分けないとね。
須藤　うぐぐ……
百瀬　これ断ったら、殺すわ。
アズマ　……

考えるアズマ。
そんなアズマを見つめるシークレッツのメンバー。

アズマ　ああ～!!　よし、腹決めた！　いっちょやってやるか!!

ハル　アズマ……
アズマ　なんか、ビビっちまってごめんな。だよな。あのビビリのハルが行くって言ってんだ。俺が引き下がるわけにはいかねーよな。
タジ　ちっちゃい事を気にし過ぎなんだよ、アズマは！
アズマ　おまえに言われたくねーよ！

百瀬にお金を渡されるアズマ。

リッチ　あんまり悩み過ぎると頭皮に悪いのにね。
タジ　え⁉　アズマの力の反動って……　それでハゲちゃったの？
アズマ　今なんつった？
タジ　何も！
ハル　みんな、ありがとう！
リッチ　礼など無用。私たちは正義のために戦うのですから。
タジ　そうだよ！　便利屋として仕事をするだけなんだから。

頷くハル。

アズマ　となると、少しでも人手が必要だな。

リッチが須藤の肩に手を置く。

リッチ　よろしくお願いします。

須藤　何が？

リッチ　泉君がさらわれてしまったので、取り返すのに手を貸して頂きます。

須藤　ちょちょちょ、なんで俺が⁉

アズマ　須藤ちゃんにだって責任あるんだからね！

須藤　は？

タジ　いいじゃん、どうせ暇なんだし！

須藤　へ？

ハル　ごめんね。

須藤　……

百瀬　ここにも二人いるわよ！

百瀬が川上と津田を連れて出て来る。

川上　おはよう！　みんな早起きなんだね。

津田　どうしたんですか？

アズマ　まあいいや。これもなんかの縁だな。悪党のところへ乗り込むから手を貸してくれ！

津田　ええ⁉　嫌ですよ！

タジ　イズミンがさらわれちゃったんだ。お願い、力を貸して！
津田　無理ですって！　俺らなんてなんの役にも立ちませんよ。なあ川上！
川上　任せてよ！
津田　なんでだよ!!
川上　一宿一飯の恩義だよ。美味しい紅茶も飲ませてもらったろ！
津田　うわぁ、なんなんだこいつは……
百瀬　じゃあ、改めて朝食にしましょう。お腹が空いてちゃ思いっきり戦えないでしょ！
タジ　やったぁ！
百瀬　ハル！
ハル　はい。
百瀬　必ず泉君を助けだすのよ。

真剣な眼差しでハルを見つめる百瀬。

百瀬　あなたならきっと泉君を助けることが出来る。
ハル　百瀬さん……
百瀬　頑張って！
ハル　……はい！

暗転していく。

【シーン　10】

十条の屋敷。
十条と鳴海が立っている。

十条　まだ迷っているのか？
鳴海　……
十条　おまえは間違った事などしていない。これでいいのだよ。わけのわからん便利屋などに泉を渡せるものか。
鳴海　わかってるさ。

そこへやって来る松井。

松井　十条様！
十条　どうした？
松井　あの便利屋たちが来ました。わけのわからないのも混ざっています。
十条　しつこい奴らだ。もっと痛い目に遭わせておけば良かったかな。

松井　いかがいたしましょう？
十条　やつらの能力はわかっているな。
松井　ええ。
十条　追い払って来い！
松井　は！

松井は去って行く。

鳴海　俺も行くぜ。
十条　鳴海。私の……　私たちの思いを無駄にするな。頼んだぞ。
鳴海　ああ。

鳴海は去って行く。

十条　……

その頃、庭に忍び込んでいるハルたち。
それぞれ武器や防具を身に着けている。

アズマ　いいな。泉を助け出すことが俺たちの仕事だ。極力戦闘を避けて、泉の救出を最優先すんだぞ。

一同　オッケー!!

アズマ　それと、リッチとタジはわかってるな？

リッチ　もちろんですよ！

タジ　ここ一番でしか使いませんっ!!

須藤　何を？

リッチ　須藤ちゃんには関係ないことです。

須藤　何だよ！　教えてくれたっていいだろ。

ハル　川上君と津田君もごめんね。こんな事に巻き込んじゃって……

川上　いいって、気にすんな。

津田　俺が気にするよ!!

ハル　それとタジ。なんでそれを持って来たの？

タジは曲がったゴルフクラブを持っている。

タジ　だって、アズマが弁償しろっていうから、これはこれで役に立つって事を証明するんだ。

アズマ　素直に弁償しろってんだよ。

ハル　前途多難だな……

リッチ　そして早くも気付かれたみたいですけど。

SCORE
VICTOR

現れる竹田と梅津。

竹田　君たちもしつこいね。
梅津　まあ、その方が俺らも楽しめるけど。
アズマ　よし、ばらけっぞ！　みんなの幸運を祈る。
一同　おお!!

一同はバラバラに走り去る。

竹田　追え！

竹田と梅津が追う。
現れる甲本と乙黒。

乙黒　始まったみたいだな。
甲本　楽しもうじゃないか。
乙黒　おう！

甲本と乙黒は去る。
アズマとタジが走って来る。

アズマ　くそ、どこにいるんだ？
タジ　広い家だなぁ。捜すのも大変だ……
アズマ　泉のやつ、ほんとにここにいるんだろうな？
タジ　確かに……　ここにいなかったら俺らバカみたいだよね。
アズマ　つっても、とりあえず捜すしかねえもんな。

須藤が出て来る。

須藤　大丈夫。泉はここにいるよ。
アズマ　なんでわかるんだよ？
須藤　勘だよ。間違いないって！
アズマ　あやしいもんだ。
須藤　まあ、頑張って捜しなさい!!

須藤は消える。

タジ　なんで上から目線なの？
アズマ　とりあえず向こうに行ってみるか。
タジ　あ！　追って来た!!

アズマ　隠れろ！

アズマとタジが物陰に隠れる。

竹田　どこに行った？

竹田は追って行く。

アズマ　行くぞ！

アズマとタジは捜し始める。
入れ替わるように出てくる川上と津田。

津田　おい、今のうちに逃げよう!!
川上　おまえ、ほんと自分勝手だな。
津田　そりゃ川上だろ!!
川上　わかったよ。津田はとっとと帰れ。俺は捜すから。
津田　そうかい。じゃあな！

津田は行ってしまう。

川上　どっちに行こうかな。
津田　うわぁ～!!　川上、逃げろ～!!

津田が梅津に追われて走って来る。
川上も一緒に逃げ出す。

梅津　いつまでも逃げ切れるもんじゃないぞ！

梅津は追って行く。
入れ替わるように出て来るハルとリッチ。

リッチ　お～い、泉く～ん！　どこにいらっしゃいますか？
ハル　静かに!!　見つかるよ！
リッチ　当たり前でしょ。見つけるために呼んでるんだから。
ハル　そうじゃなくて、俺たちが見つかるっての！
リッチ　もぉ、めどくさいな。

そこを超ダッシュで駆け抜ける川上と津田。

リッチ　ん？
ハル　何？

続いて梅津がやって来る。

ハル　やばっ！　逃げるよ!!

リッチは動かない。

梅津　おまえは逃げないのか？
ハル　リッチ！
リッチ　この人なら何とかなるでしょ。ここは少しでも敵を減らすべき！
ハル　マジでっ⁉
梅津　力を使う気か？
リッチ　あなたなら力なんか使わなくても勝てますから。
梅津　おもしれえ！

リッチと梅津のバトル。
ほぼ互角の戦い。
そこへ加勢しにやって来る松井。

松井　ずいぶん苦戦してるな。
梅津　大丈夫ですよ。こんなのは俺一人で。
松井　もたもたしていられない。あんなバカコンビに手柄を持っていかれるわけにはいかないからな。
梅津　了解！
リッチ　じゃあ、僕たちは逃げましょっ！

二人は逃げ出す。

松井　逃がさん！

追おうとする松井と梅津。
その前に唐突に出てくる須藤。

松井　何だ、おまえは？
須藤　あら。間の悪い所に出くわしたかな？
梅津　邪魔だ!!

梅津の攻撃をやっとでかわす須藤。

しかし、それはおちょくっている様にも見える。

梅津 こいつ……

須藤 さよなら!!

須藤は必死に逃げて行く。

梅津 あの野郎……　ぶっ飛ばしてやる!!

梅津は須藤を追って行く。

松井 まったく……

松井も去って行く。

アズマとタジが出て来る。

アズマ くそ、どこだ！

タジ 逃げ隠れしながらじゃ、思うように捜せないね。

アズマ これじゃラチがあかねえ。誰かとっちめて居場所を聞き出したほうが早そうだな。

タジ それいいね。誰かいないかな……

タジは辺りを見回す。

タジ　あ、ちょうど良いのが来たよ。

乙黒が現れる。

乙黒　兄貴、どこ行ったんだ？　たく。（アズマとタジに）すいません、兄貴知りませんか？
はぐれちゃ……　ああ～!!　おめえら、ぶっ飛ばしてやる!!
タジ　よぉーし！

タジが手を翳す。
間髪入れずにアズマのドロップキックがタジに炸裂する。

タジ　何すんだよ!?
アズマ　こんなの相手に力を使うんじゃねえ!!
タジ　でも、勝てるの？
アズマ　こっちは二人だぜ。あんなわけのわからねえの、なんとかなるだろ！

戦うアズマとタジ。

しかし、思った以上に手強い乙黒。
そして曲がったゴルフクラブは全く役に立たない。

アズマ ほら見ろ!! それ役に立たねーじゃねーかよ。
タジ 違うよ。アズマが役に立たないんだよ!
アズマ なんだとぉ!!
乙黒 おいおい、全然楽しめないぞ。
タジ どうする?
アズマ あ! あんなとこに松田聖子が!!
乙黒 え、どこどこ?
アズマ 逃げるぞ!

走り去るアズマ。

タジ どこどこ? ねえ、どこにいるの?

顔を見合すタジと乙黒。

タジ あれ、アズマ? ちょっと、俺を置いて行かないでよ!!

タジはアズマを追って行く。
そのタジを追う乙黒。
梅津が出て来る。

梅津 あいつどこ行きやがった……　すばしっこい奴だ！

梅津が去って行くと、須藤が出て来る。
須藤は書類を調べ始める。

須藤 なるほど、なるほど……

そこへ竹田が出て来る。

竹田 何やってんだ？
須藤 いえ、別に何も。
竹田 その書類はなんだ？
須藤 あ、これはこのまえ入手した山田花子の秘蔵写真。見る？
竹田 その人選……　怪しい奴!!
須藤 そりゃ、人の家に忍び込んでるわけだからね。
竹田 とぼけた野郎だ！

竹田が須藤に襲い掛かる。
完全に須藤に翻弄される竹田。

須藤 暴力反対っ！

竹田 く、こいつ……

戦いながらハケて行く須藤と竹田。
リッチとハルが出て来る。

ハル なんとか逃げ切ったみたいだね。

リッチ これは、しんどいですねぇ～

ハル にしても、何か引っ掛かるな……

リッチ 何がですか？

ハル 十条っていったい何者なんだ？

リッチ 悪の秘密結社のボスでしょ。

ハル だったら、何で鳴海さんはあいつらの味方を？

リッチ なんか弱みでも握られてるんじゃないですか？

ハル 弱みを握られてあっさり弟を裏切るような人には見えなかったけど……

リッチ まあ、泉を助け出せばわかるでしょ。

ハル　そうだね。
リッチ　ハル、隠れて!!

二人は隠れる。
その前を通過して行くタジと乙黒。

タジ　誰か助けて～!!
乙黒　ぶっ殺す!!

出て来るハルとリッチ。

リッチ　タジ、グッドラック！
ハル　さあ、捜そう。

ハルとリッチは去って行く。
ふらつきながら出て来る竹田。

竹田　あの野郎……　とんだ食わせ者だぜ……

そこへ現れるアズマ。

アズマ　タジのやつ、どこに行ったんだ？　ゲッ!!

出会い頭に戦闘に突入するアズマと竹田。
しかし、竹田はあきらかに疲労している。

アズマ　何だ？　誰かにやられたのか？
竹田　くっ、てめえ！

アズマに襲い掛かるが、ダメージが大きく動きが鈍い。
あっさりかわすアズマ。

アズマ　こりゃ、ラッキーだぜ。おい、泉はどこにいんだよ？
竹田　誰が言うか!!
アズマ　言わなくてけっこう。

アズマは竹田に触れる。

アズマ　オッケー、サンキュー!!　えっと、鍵が上着のポケット……

ポケットから鍵を取り出す。

アズマ　あった！　ありがとー!!

アズマは去って行く。

竹田　か、鍵を返せ！

竹田も必死に追う。
松井が出て来る。

松井　あの便利屋たち、なかなか頑張るじゃないか。気を引き締めたほうが良さそうだ……

甲本　よう！

背後に現れた甲本に裏拳を喰らわす松井。
それを受け止める甲本。

甲本　俺だよ、俺。あっぶねーな！

松井　甲本。

甲本　誰か捕まえたか？

松井　おまえはどうなんだ？
甲本　俺は美味しいところ取り専門だからな。
松井　相変わらずセコいやつだ。そんなこと言ってると、最後に痛いしっぺ返しを食うぞ。
甲本　あっそ。

松井の携帯が鳴る。

松井　……そうか。了解だ。

松井は去って行く。

甲本　さて、どっちに行こうかな。

甲本は去って行く。
逃げて来るタジと追って来る乙黒。

タジ　もう、あったまきた。なんでこの俺が逃げ回んなくちゃならないんだよ!!
乙黒　どうした。観念したか？
タジ　俺のすごさを思い知らせてやるぅ!!

タジは手を翳す。
そこへアズマのドロップキックが炸裂する。

アズマ　だから、むやみに力を使うなって言ってんだろ!!
タジ　こいつをぶっ飛ばして泉の居場所を聞き出そうよ。
アズマ　もう聞き出したんだよ。
タジ　マジで⁉
乙黒　しかし、おまえらは辿り着けない。ここで俺にやられるんだからよ。

そこへ現れる川上と津田

川上　ちょっと待った！　ここは俺たちに任せて!!
アズマ　え？
タジ　マジで？
津田　何を言ってんだおまえは⁉
川上　アズマさんとタジさんは、早く泉君を！
アズマ　おお、助かった！　恩に着るぜ!!
タジ　こいつけっこう強いから気を付けて！

アズマとタジは去って行く。

川上　やっべ。今の俺、超カッコ良くねえ？
津田　そういう問題じゃねーよ！　どうすんだよ!!
川上　なんとかなるだろ。
乙黒　なめやがって！

突進してくる乙黒。
ギリギリでかわす川上と津田。

乙黒　ほお。反射神経はまずまずみたいだな。じゃあ、俺も本気になるぜ!!

乙黒に追い詰められる川上と津田。

津田　だから言ったんだよ！　責任を取れよ!!
川上　俺を直視すんじゃねえ！　寿命が縮むって言ってんだろ!!
津田　こんな時に何言ってんだよ！
乙黒　何だって!?
津田　え？
乙黒　お、おまえ、そんな恐ろしい能力を持っているのか!?
津田　へ？

乙黒　おお、メデューサみたいな顔をしやがって!!
津田　いや、ちが……
乙黒　見るな！　俺を見るな!!　早死にしたくねえ!!
川上　どうしたんだ、こいつ？
津田　おい、今だ！　これはビッグチャンスだ!!　こいつをやっつけるんだ!!
川上　よくわかんねーけど、よし！

川上・津田が乙黒に襲い掛かる。
目を伏せている乙黒は防戦一方。

乙黒　くそ、こいつらぁ!!

津田を盾にする川上。
乙黒は思わず津田と目を合わせてしまう。

乙黒　うぐぅ!!　ホントだ。命が吸い取られるぅ……　兄貴〜!!

倒れる乙黒。

津田　勝っちゃった……

川上　な！　なんとかなるもんだろ。
津田　奇跡だよ。

地面にへたり込む津田。

川上　ちと休憩すっか。

川上と津田は休憩に入る。
出て来るハルとリッチ。

リッチ　さて、どっちに行きますか？
ハル　そうだな……　こっち！
リッチ　じゃあこっち。
ハル　なんでだよ！

二人が走り出すと、アズマとタジが物陰から出て来る。
鉢合わせする四人。

ハル　うお！　びっくりしたぁ……
タジ　なんだ。ハルとリッチか。脅かすなよ。

ハル　それはお互い様だろ。
アズマ　こりゃラッキーだぜ。ここでおまえらに合流出来たなんて！
リッチ　どういうことですか？
アズマ　泉の居場所がわかったんだよ！
ハル　ほんと⁉
アズマ　ああ。こっちだ！
タジ　行くぞ！
アズマ　おまえさ、いい加減こんなのに頼るのやめろ！

タジのゴルフクラブを取り上げ、放り捨てるアズマ。

タジ　ああ⁉
アズマ　行くぞ！

アズマとハルは走り去る。

タジ　そうやって弁償させる気だな。そうはいくか！

能力を使ってゴルフクラブを取り戻す。

リッチ　あ……
タジ　アズマのセコい手には乗らないよ！
リッチ　タジ、今なにをしたのかわかっているのですか？
タジ　もちろん！　こいつを取り戻したんだよ。
リッチ　どうやって？
タジ　それは俺の力で……　ああ!!
リッチ　知ってはいましたが、あなた無限のアホですね。
タジ　どうしよう？
リッチ　とりあえず、二人を追いかけましょう！
タジ　うん。

甲本が現れる。

甲本　やっと出会った。俺も手柄を立てないとまずいんでね！

リッチが構える。

甲本　ああ、リッチさん！　リッチさんとはもう戦いたくないんで、どうぞ先に行っちゃってください！
リッチ　では。

タジ　ということは……
リッチ　タジ、グッドラック！
タジ　え⁉
リッチ　大丈夫！　この人弱かったから。
タジ　ちょっと待って！
リッチ　ではよろしく！

行ってしまうリッチ。

タジ　うぅ……
甲本　どうしたの？
タジ　なんでもないぞ！　あのね、俺の力は手加減出来ないからあなた死んじゃうかもしれないぞ!!　だから、もう降参した方がいいぞ!!
甲本　あれぇ、おかしいな。君の力は連続して使えないんでしょ？　さっきそれを動かしてたじゃん。
タジ　あはは……
甲本　さあ、美味しいとこ取りといこうか。
タジ　くそぉ、こうなったらやってやる。

タジは曲がったゴルフクラブで甲本に挑む。
が、全く持って勝負にならない。

タジ　やっぱダメだ。これ全然役に立たないよ。くそ！

タジはゴルフクラブをぶん投げる。

甲本　ほんと、能力使えないと人並み以下だね！　いやいや、これで報酬がたんまりもらえんだからラッキーだな。

甲本の蹴りがタジに決まる。

タジ　うぐぅ……　俺だって!!

タジは最後の力を振り絞るが、軽く一蹴されてしまう。

甲本　んじゃ、とどめといくか！

その時、空を切る音が聞こえてくる。
『ヒュンヒュンヒュン』

甲本　ん？

ブーメランのように返って来るゴルフクラブ。
甲本に突き刺さる。

甲本　うげぇ〜!!　……しっぺ返しならぬ、ブーメラン返し？　お見事！

倒れる甲本。

タジ　役に立った……　ほらぁ、役立ったじゃん!!　やった！　やったよぉ!!　アズマ、これ役に立ったよぉ!!

タジは走り去って行く。
アズマが案内しながらやって来る。

アズマ　こっちだ。
ハル　ちょっと待って！　タジは？
リッチ　一人、足止めをしてくれています。
アズマ　え、じゃあ、あいつ力使っちゃったの？
リッチ　え……　ああ、まあ、はい。
アズマ　そうか。

リッチ　それより、先を急ぎましょう！

鳴海が出て来る。

鳴海　こっから先へは通さない。
ハル　鳴海さん……
アズマ　満を持しての登場ってわけか。
ハル　なんでだよ！　なんで泉のお兄さんであるあなたが、あいつらの味方をするんだよ⁉
鳴海　いちいちおまえらに話す必要はねえ。
ハル　……
アズマ　くそ、もうすぐ先だってのによ。
リッチ　僕に任せなさい！
ハル　リッチ。
リッチ　ここは力を使うしかないでしょ。
アズマ　そうだな。じゃあ、頼んだぞ。
リッチ　ええ。（鳴海に）力を使わせてもらいますから。
鳴海　好きにしろ。
リッチ　ありがとうございま〜す！　リッチマン‼

リッチは力を発動する。

ハル　やりすぎないでよ！
リッチ　わかってますよ。

リッチと鳴海の戦いが始まる。

リッチ　早く行っちゃって！
アズマ　おう！

ハルとアズマは先へ進む。

リッチ　本当の力を見せてあげよう！
鳴海　俺はとっととおまえを倒して奴らを追う。
リッチ　このまえの僕を本当の僕だと思ったら大間違いですよ。

リッチが圧倒的な力で鳴海を攻める。

リッチ　わかりましたか？　これが僕の本当の強さなのです。
鳴海　俺はおまえをぶっ倒す。それだけだ。

鳴海が猛攻を仕掛けるがリッチは平然としている。

鳴海 く……

リッチ これで終わりだ!!

リッチの強力な一撃に沈む鳴海。

リッチ やったね、リッチマン! ……って、ちょっと、やりすぎましたか……

必死に立ち上がる鳴海。

リッチ あのぉ、無理しないほうがいいと思いますよ。死んじゃいますから。

鳴海 泉は渡さない……

リッチ あれ…… これってなんか違くない?

リッチに挑んで行く鳴海。

リッチ このぉ!!

が、一撃でふっ飛ばされる。

リッチ　あ～　大丈夫ですか？　生きてますよね？

瀕死の鳴海だが、力を振り絞って立ち上がる。

鳴海　俺は負けられねえんだ……

リッチ　待って、ちょっと待って!!　これ絶対おかしいよ！　僕が悪者みたいになってますから！　僕は正義の味方なんです。なので、やめてくれますか、そういうの!!

鳴海　約束しちまったからよ!!

鳴海の最後の力を込めた拳がリッチに突き刺さる。

鳴海　泉を護るって……

膝を付き、崩れ落ちる鳴海。

リッチ　えぇ～!?　あなたの方がムチャクチャカッコ良い感じになっちゃってるんですけど!!　マジですか!?

それと同時にリッチの体が痛み始める。

リッチ　ん⁉　ヤバい、体が痛み出してきた‼　もう能力解かなきゃ。

リッチは能力を解く。

リッチ　いってぇ～‼　うぐぐ……　こりゃまずい。全身が超痛い……

鳴海が顔を上げ、立ち上がろうとしている。

鳴海　だから言っただろ。俺は負けねえって！
リッチ　あなた不死身ですか？

が、そのまま力尽きてしまう。

リッチ　僕の勝ちということで、よろしいんですよね？　しかし、これは非常に嬉しくない勝ち方ですね。こんなはずじゃなかったんですけど……　今回の僕は完全に損してますよね……アンケートとか心配なんですけど……

リッチは激痛に耐えながらも、ぶつぶつ言いながら去って行く。
その後、意識が朦朧としながらも立ち上がる鳴海。

鳴海　泉……

鳴海は瀕死の状態で歩き出す。
ハル・アズマが走って来る。

アズマ　ここだ！　ここに泉がいるはずだ!!
ハル　よし。

扉を開けるとそこには泉の姿。

ハル　泉！
泉　来てくれたの⁉
ハル　あたりまえだろ。護るって約束したんだから。
泉　ありがとう。
アズマ　さあ、引き上げるぞ。

十条が現れる。

十条　泉は渡さないよ。

アズマ　あんた一人で何が出来るってんだ？
十条　この状況では君たちの方が何も出来ないと思うがね。

拳銃を取り出す。

アズマ　くそ……
十条　さあ泉、こっちに来なさい。
泉　……
十条　すべてはおまえのためなんだ。さあ！
ハル　泉、逃げるんだ！
松井　そうはいかない。

松井と梅津が現れる。

松井　おまえらが泉君の居場所を掴んだって連絡が入ったんでな。
梅津　間に合って良かったぜ。

囲まれるハルたち。

十条　君たちの能力ではどうにもならないと思うけどね。諦めなさい。

ハル　護るって約束したんだ。泉を護るんだ。今度こそ！
泉　ハルさん……
ハル　大丈夫！　絶対に護ってみせる！
松井　だったら護ってみな！

松井たちが襲い掛かる。

ハル　俺が泉を護るんだぁ!!

その時、ハルの予知が発動する。
一連の立ち回りがあり、元に戻る。

ハル　見えた！

ハルは敵の攻撃を次々にかわしていく。
そしてアズマに的確な指示を出す。

ハル　それと柱の向こうに隠れてる人、出て来なさい！
竹田　なぜわかった？

隠れて襲い掛かろうとしてた竹田が出て来る。
その竹田に一撃を喰らわしノックアウトするアズマ。
十条と松井もやっつける。

松井　私としたことが……
アズマ　やるじゃねーか、ハル！　見直したぜ!!
ハル　良かった。最後の最後で予知できた。泉のおかげだよ。泉が俺の力を信じてくれたから。
泉　違うよ！　ハルさんがすごいんだよ！

そこへ出て来るリッチとタジ。

リッチ　おお、なんだか良い感じですね。やはり正義は勝ちましたか！
タジ　アズマ！　これ、メッチャ役に立ったよ〜!!
ハル　良かった。みんな無事だったんだ。
アズマ　んじゃまあ、泉も取り返したし、帰るとすっか！
一同　おお!!
鳴海　そうはいかねえ……

現れる鳴海。

泉　兄さん！
ハル　鳴海さん……
鳴海　泉は置いて行け。
リッチ　ちょっとちょっと、あんたほんとに死にますよ……
十条　鳴海なにをやってる！　早く泉を取り返すんだ！

しかし鳴海の体は思うように動かない。

アズマ　おまえらの負けだ。もう諦めろ！
十条　諦めるだと！　おまえらに何がわかるんだ!!

アズマに摑み掛かる十条。
みんなで取り押さえるが、アズマは十条の心を読んでしまう。

アズマ　そんな、嘘だろ……
リッチ　こんなの相手にしないで行きましょう！
アズマ　待てよ！
一同　え？
アズマ　行かせはしねえ。

アズマが行く手を阻む。

タジ　ちょっと、アズマまで敵に回っちゃうの？　なんで？

リッチ　わけがわからない。

ハル　どういうことだ、アズマ？

アズマ　もしかしたら俺たちはとんでもねー間違いを犯しちまったかもしんねーぞ。

ハル　え？

アズマ　なあ、泉！

泉　……

ハル　泉？

泉　……

ハル　どういうことなんだよ、泉⁉

俯いていた泉が顔を上げる。

泉　ごめん……　僕、ハルさんたちを騙してた。

一同　⁉

泉　兄さん……　こんなにまでなって、ごめん。

泉は鳴海の怪我を癒す。

泉　そして、父さんも……
一同　父さん⁉

十条の怪我も癒す。

ハル　その人、泉のお父さんなの？
アズマ　そういうこった。
タジ　どうなってんの？　意味わかんないよ⁉
リッチ　お父さんが悪の秘密結社のボスで、自分の息子の力を悪用しようとしてたと、そういうこと？
アズマ　ちげーよ。この二人は泉を護ろうとしてたんだ。
リッチ　はぁ？
タジ　泉を護ろうとしてたのは俺らでしょ？
ハル　わかるように説明してよ。
アズマ　泉は自分の母親を助けようとしてたんだ。
ハル　母親を？
アズマ　ああ。どうやら余命わずかの病気らしい。
ハル　そうなの？
泉　（頷く）

ハル　じゃあ、助けなきゃっ!!
十条　助けさせるわけにはいかない！　現代医学でも治せない病気だ。泉の能力は自分に跳ね返ってくる。下手をしたら泉まで死なせてしまう。
ハル　じゃあ、監禁してたのは、泉がお母さんを助けようとしないため？
十条　そうだ。あいつは、泉が自分のために無理をしてしまうのを十分承知していた。だから自分は死んだ事にして、泉が自分に近づかないようにしてくれと私に頼んだ。私だって最初は反対したよ。だが何度も何度も話し合って、やっとの思いで納得したんだ。それを私のミスで泉に知られてしまった。
タジ　そうだったんだ。
リッチ　なのに泉君は、この人が悪い人だって嘘を付いたわけですか。
泉　じゃなきゃ、協力してもらえないと思って……　ごめんなさい！
アズマ　てめえよくも俺らを！
ハル　アズマやめてよ!!
アズマ　く……　だからやだったんだよ、俺は！
タジ　なんか俺たち、まずい事しちゃったっぽくない？
リッチ　思いっ切り乗せられましたね。まったく、なんのためにこんな苦労したんだか……
泉　……
ハル　鳴海さんもそれを知ってお父さんの味方を？
鳴海　母さんと約束しちまったからな。母さん電話口で泣きながら俺に頼んだんだよ。泉を決して私に近づけさせないでって。そんな頼みってあるかよ!!

タジ　ナルミン、板挟みになってたんだね。
泉　でも、僕は助けるよ。せっかく持った力なんだ！　こういう時に使わなくちゃ意味ないだろ！　じゃなきゃ、何のための力なんだよ!!
一同　……
泉　もし何もしないで死なせてしまったら、僕は……　そんな重い十字架を背負って生きていけない……
ハル　！
泉　だから僕は母さんを助ける。
アズマ　行かせないって言ってるだろ！　この二人の気持ちを知っちまったんだ。行かせられねえ。
泉　こうしてる間にも手遅れになるかもしれないんだよ！　行かせてよ!!
十条　行くと言ってもおまえに居場所はわからないだろう。
泉　ここにいないならどこかの別荘にいるんでしょ？　しらみつぶしに捜すだけさ。

泉の前に立ち塞がるリッチ。

リッチ　僕も君を行かせるわけにはいかない。君のお兄さんがどれだけ必死だったかと考えるとね。
タジ　それにやっぱり騙すって酷いよ！　俺たちバカみたいじゃん。泉には協力できない!!

タジも泉の前に立ちはだかる。

十条　泉、私と母さんの気持ちを無駄にしないでくれ！　頼む、諦めるんだ……
泉　なんでだよ父さん。諦められるわけないだろ‼　母さんが死んじゃうんだよ……
十条　おまえにこんな力さえなかったら。

その言葉に過去を思い出すシークレッツのメンバー。

『私に近寄るな気持ち悪い。』
『何が気に入らないの？　もう暴れないで！』
『もっとましなもんかっぱらって来い！』
『ハル、危ない‼』

静寂の間。
ハルが泉の前に立つ。

ハル　行きなよ。命を懸けてお母さんを助けるんだ！
泉　ハルさんっ‼
アズマ　ハル！
ハル　泉の好きにさせてあげてよ！
リッチ　しかしですね……
タジ　どうしたの⁉

ハル　お願いだよ。道をあけてあげて。
タジ　これって、ものすごく重大な問題だよ。
リッチ　そうです。そのことをわかってるんですか？
ハル　わかってるさ！　誰よりもわかってる!!　だから泉を行かせるんだ。
一同　……
ハル　……泉は俺と同じだから……
泉　僕と同じ？
ハル　俺は母さんが事故に遭う予知をしたんだ。しかも俺をかばって……　でも助けられなかった。わかっていたのに、そばにいたのに、動く事が出来なかったんだ！　気が付いたら俺は母さんに突き飛ばされていて、自分で見た予知通りにゆっくり母さんが倒れていくのをただ見ている事しかできなかった。それ以来母さんは一切の記憶をなくしてしまった。俺の事もわからない。言葉さえなくしてしまった。俺が母さんをそうさせてしまったんだ。
アズマ　ハル……
タジ　それはハルのせいじゃ……
ハル　でも！　力を持っているのに助けられなかったんだよ!!　だったらこれは何のための力なんだよ!?　苦しむために力を持ったの？
一同　……
ハル　ベッドで寝続けてる母さんを見てるのが辛くなって俺は家を飛び出した。それからはもう最悪さ。その事が頭にこびりついて離れない。ずっと俺を苦しめる。
一同　……

ハル　泉には、俺と同じ思いをして欲しくない！
鳴海　身内じゃねーてめえが決めんじゃねーよ!!

鳴海がハルに突っ掛かる。

鳴海　もし泉が死んじまったら一番悲しむのは母さんだろ！　違うか泉!?
泉　そうかもしれない。でも助かる可能性があるんだよ。賭けてみようよ!!
十条　だめだ！　そんな賭けなど出来ない。
泉　父さん!!
十条　……おまえまでいなくなってしまったら、私は……
ハル　十条さん……
十条　ハル君、親と言うのはね、たとえ自分の命と引き換えにしても子供を護りたいと思うものなんだよ。

考えを巡らせた後、ハルが口を開く。

ハル　わかればいいんですよね？　結果がわかれば問題ないんですよね？
タジ　そっか、ハルの力だったら！
リッチ　もしかして見えたんですか？
ハル　うん。

みんなの視線がハルに集まる。

ハル　泉も、泉のお母さんも助かるのが俺には見えました！
十条　……本当なのか？
ハル　はい！　だから泉にお母さんの居場所を教えてあげてください！
十条　いや、君の能力はまだ不安定だ。信用できない。
泉　そんな……　父さん！
十条　……だめだ。

そこへ百瀬が入って来る。

百瀬　信用してあげてくださいな！
一同　百瀬さん！
百瀬　その子を信じてあげてください。
十条　あなたは……　あなたに何がわかる？
百瀬　わかります。もしこのまま何もしなければ、ここにいるみんなの未来に希望がなくなってしまうことくらい。
十条　……
百瀬　十条さん、子供っていうのはあるとき思いがけない力を生み出すものなんですよ。

十条　しかし……
百瀬　大丈夫！　ハルも泉君も強い子だから。父親のあなたならわかるでしょ。
十条　……
百瀬　あなたが教えないなら、私が教えちゃいますよ！
十条　何？

須藤が出て来る。

須藤　お母さんの居場所、調べさせてもらいました。
タジ　須藤ちゃん⁉
百瀬　お願いします。
ハル　お願いします‼
十条　……

泉と向き合う十条。

十条　泉……　行きなさい。
泉　……父さん。
十条　おまえと彼の力を信じよう。
泉　……

ハル　ありがとうございます!!

ハルに詰め寄る鳴海。

鳴海　信じていいんだな！

ハル　……うん！

鳴海　泉……（目に涙が溢れる）母さんを、助けてくれ……

泉　兄さん……　助けるよ、絶対に!!

ハルに駆け寄る泉。

泉　ハルさん、僕の母さんを助けたら次はハルさんのお母さんの番だよ！

ハル　……泉。

力強く頷く泉。

ハル　ありがとう。

須藤　じゃあ行こうか、泉君。あんまり時間がないようだから、外にヘリをチャーターしてある。

一同　ヘリ⁉

須藤　二人乗りなんで、十条さんと鳴海君はあとから追っかけて来てください！

リッチ　須藤ちゃん、いったい何者？
須藤　ただの便利屋さ！

泉を連れて出て行く須藤。

百瀬　辛かったですね。
十条　……
百瀬　でも、すぐに幸せな時が訪れますよ。
十条　そう願うよ。

百瀬は踵を返す。

百瀬　さあ、帰りましょう。
アズマ　行こうぜ、ハル。
ハル　うん。
アズマ　（鳴海に）じゃ、またな！
鳴海　ああ。
リッチ　今度はゆっくりお茶でもしようじゃないですか。
タジ　泉も一緒にね！
鳴海　そうだな。

ハル　いろいろごめんね！
鳴海　お互い様だろ。
ハル　……じゃ。

帰ろうとする一同。

百瀬　アズマ、十条さんに言いたい事があるんじゃないの？
アズマ　……

十条に向き直すアズマ。

アズマ　たとえ、泉を思うあまりだったとしても、こんな力さえなければなんて言わないであげてください。こんな力を持った俺たちは、なんつーか、必死なんですよ！　自分の居場所を探すために……　親に否定された子供は行く場所なくなっちまうんで。

アズマに歩み寄る十条。

十条　すまなかった……　ありがとう。

みんなに晴れやかな表情が浮かぶ。

アズマ　あ～あ、なんかくたびれ損って感じじゃねえ？
リッチ　ほんとですよ。百瀬さんも知ってたんなら教えてくれれば良かったのに。そしたらこんな面倒な事にならなかったんですから。
百瀬　そしたら、あなた達のためにならないでしょ。
アズマ　なんだよ、それ……
タジ　ねえねえ、アズマ！　これ役に立ったんだよ！
アズマ　うるせえ！　そんな話、聞きたくねえ。
タジ　おまえ、そうやって弁償させる気だろ!!　ずるいぞ！

百瀬を残しみんな去って行く。

百瀬　わかった？　特別な力を持った子たちが、どんなに必死に生きているか？

出て来る津田と川上。

津田　はい。
百瀬　もう苦しめないであげて。
津田　そうですね。
百瀬　川上君もありがとう。ハロッツの紅茶、楽しみにしててね！

川上　よし！
津田　何それ？
川上　百瀬さんが、みんなを助けてくれたらハロッツの紅茶をくれるって約束してくれたんだ。
津田　やけに張り切ると思ったらそういう事だったのか……
川上　うん。
津田　……

暗転していく。
とある場所に明かりがあたると、須藤が電話をしている。

須藤　もしもし須藤です。はい、無事に送り届けました。いやぁ、彼すごいですよ！　到着するなりお母さんの治癒を始めたんですけど、もう能力全開ですよ。ああ、確かに彼の受けるダメージも半端じゃないんですけど、泉君自身の回復力も異常に跳ね上がってるんですよ。十条氏に追われてた時は何て言うか、こう、負のエネルギーが強すぎて彼の能力もバランスを失っていたんでしょうね。　……ハルやみんなはどうですか？　……そうですか……これで彼らもひとつ抜け出せるといいですね。　……はい、もう二〜三日様子を見たら帰ろうと思ってます。なーに言ってんすか！　あなたのためならたとえ火の中水の中って！……いえ、冗談抜きで。これからも何でも言ってください。あなたあっての今の俺なんですから。ね！　百瀬さん!!　あ、帰ったらあれ食べたいな。百瀬さん特製フォンダンショコラ！　あれ、美味いんすよねぇ！　はいはい、楽しみにしてまーす!!

【シーン 11】

シークレッツでくつろいでいるアズマ・タジ・リッチ。
そこへ百瀬が紅茶を持って来る。

百瀬 紅茶淹れたわよぉ。はい、どーぞ！ 葡萄のジュレも食べてね！
リッチ おお、いいですねぇ。
アズマ いいよ、最高だよ！
リッチ やっぱりそう思う？ この葡萄のジュレ…… って、ゴルフクラブの事ですか！

新しいゴルフクラブを磨いているアズマ。

アズマ 早く打ちっぱなしに行きてえ!!
タジ あ～あ、今月も苦しくなるなぁ…… 百瀬さん、来月の……
百瀬 だめ！
タジ うう…… 百瀬さんも心が読めるの？

そこへ戻って来るハル。

ハル　ただいま！
百瀬　お帰りなさい。お母さんの具合はどお？
ハル　確実に良くなってます。泉には感謝しないと！
百瀬　やっぱりあなた達は呼び合っていたのかしらね。
ハル　え？
リッチ　にしても、最後に見事に予知したのは素晴らしかったですね、ハル。
アズマ　あれはすごかったね！
ハル　ああ……　あれ、実は予知出来てなかったんだ。

時間の流れが止まる。

リッチ　今、何と？
ハル　予知出来てなかった。
アズマ　嘘だろ？
タジ　マジで言ってんの!?
ハル　あの場では、ああ言うしかないと思って……　でも、絶対大丈夫だって確信があったんだよ。なんかわからないけど、泉なら絶対にやってくれるってすごくそう思ったんだ。

放心状態に陥る一同。

アズマ　信じられねえ……

リッチ　あれ、結果オーライだったんだ……

タジ　ハルって、意外と大胆な人だったんだね。

ハル　そうかな。

アズマ　なんだか胃が痛くなってきた……

リッチ　僕もめまいが……

百瀬　そんな時は食べるが一番！　健康な肉体と精神は食事によって作られるのよ。ほら、おかわりしなさい！

そこへ電話が鳴る。

百瀬　はい、シークレッツですが。……え、行方不明!?　はい、わかりました。必ず……

電話を切る百瀬。

百瀬　みんな、仕事よ！

一同に緊張が走る。

百瀬　山下さんちの猫がまた逃げたって。
一同　猫かよ!!
リッチ　まあ、そんなもんですよね。
アズマ　よし、行くぞリッチ！
リッチ　悪いけど、僕は現在ティータイム中ですから。
アズマ　おまえがティータイムって顔か！　このおでこニョローンが!!
リッチ　おめえぶっ殺してやる!!
アズマ　やるか!?
ハル　ちょっとやめなって!!

大騒ぎになるシークレッツ。

百瀬　いい加減にしなさい!!

暗転していく。

――終

あとがき

『モンスターボックス』は初めて*pnish*が本格的にアクションコメディーに挑戦した作品ですね。

もともとマンガ好きな僕はこういった作品をずっとやりたくて、「マンガを舞台にあげる」というのでしょうか？　それが叶った作品です。

今となってはこのスタイルがお馴染みとなりましたが、とても感慨深い作品になったわけです。

この頃は衣装とかも自分達で考えていましたからね。斬鬼丸とか当初、超人ハルクのように腰に布キレ一枚、川島はゲゲゲの鬼太郎のようなコスチュームも案として出てましたね。

今思うと恐ろしや。

僕の演じた遠藤悟のイメージはAKIRAのテツオに近いですね。て事は、雪村は金田かな。

こういう感じでキャラクターのイメージを作ったりします。

それにしても森山さんがやった斬鬼丸はやってみたかったなぁ～。

個人的にはモンスターボックスの四〇〇年前の作品をやりたいですね。

モンスターボックス episode. 0。


『シークレットボックス』は*pnish*として初めて東京以外での公演という夢が叶った作品です。

*pnish*四人がお芝居の中で一つのチームで描かれていました。

実は稽古の中盤で急遽四人だけのシーンが追加されたのです。便利屋シークレッツの夜のシーン。

四人だけのシーンなんですが、いやはや、これがなかなか合わない合わない……。普段四人でいる事が多いのに……四人だけのシーンになると思うように行かない。かなり苦戦した記憶があります。井関さんの演出にとても助けられました。今思い出しても面白い現象ですね。

ちなみに僕が演じた田島ことタジは『サイコキネシス』の能力の持ち主。色んなモノを動かしたり曲げたり。

戯曲には描かれてないのですが、DVDに収録されている「タジタジヒ〜!!」の「ヒ〜」は引っ張るのひ〜なんです。なんと安易な……。でもそれがタジなんです。

この作品は出演者の平均年齢が低く、若いパワーと勢いで突き進んだ公演でした。

佐野大樹

ボックスシリーズ一発目の『モンスターボックス』。

自分が演じた斬鬼丸は、声は枯れそうになるわ衣装は動き難いわで、かなり大変だった記憶があります。

最後の口上シーンは何度稽古したか分かりません。

ビシッと決まればカッコイイ！　けど、決まらないと気持ち悪い！（是非皆さんもDVDで練習してみて下さい。）

ボックスシリーズの中で一番思い出に残ってる役だという事はハッキリと言えます。

豪快でありながら、なんかお茶目。妖怪でありながら、なんか人間臭い。

そういった魅力的な部分が沢山あったからだと思います。

『シークレットボックス』は初めて鷲尾さんが主役をやった作品ではないでしょうか！

*pnish*では珍しい位の地味な衣装。

『トレジャーボックス』と『ワンダーボックス』が派手だったから逆に少し地味な作品にしてみようという考えから生まれたのがこの作品です。

実際はかなり派手にみえましたけどね。四人のアットホームな感じが出たのもこの作品なんです。

稽古の序盤では少し照れ臭かったけど、意外と四人で語る夜のシーンが素敵でしたってアンケートが多かったので、今後も四人だけのシーンを増やしていきたいと思います。

森山栄治

僕らは『モンスターボックス』で、一つの*pnish*の方向性をみつけ、そしてここまで長く続けてこれた、代表作だと僕は思う。

何年も*pnish*を沢山の人達に知ってもらいたいと頑張ってきて、やっとシアターサンモールという三〇〇人クラスの劇場で公演をうてるようになった。夢のような気持ちだったのを覚えています。

この作品では、妖怪オタクというまた特殊な役をやらせてもらいましたが、この頃は、自分の役の美味しさに気付かず、周りのみんなの役が格好よく見えて、羨ましがっていたなー（笑）

だって僕は逃げ回る役だから、アクションがまったくなく、アクション稽古の時は、とにかく見学してる感じでしたからね。俺も戦いたいって思っちゃってたな。

しかし本番に入り、楽しくて楽しくて、ボケる楽しさ、こういう役のやりがいを知る事を学んだ作品ですね。

僕の中で、今の時点でもっとも再演してみたい作品です！

『シークレットボックス』は、ボックスシリーズ最終章にして、*pnish*始まって以来、鷲尾昇が初めて主演をやらせてもらった、とても思い出深い作品です。

それまで、本当に笑いを担当する役が多く、*pnish*内では僕はこういうポジションが合ってるのかなと迷いなくやっていたので、初めてそういう話が出たときは、びっくりしたし、大丈夫なのか？と頭を過りました。でもその反面、嬉しく、メラメラ燃えてきたのをよく覚えています！

今までの*pnish*作品の中でも、芝居の要素が強い作品で、主人公のハルが自分の弱さと戦っていくこの役が僕に合っていたのかもしれません。

この作品で、初の関西進出もでき、ある意味僕らがまた一歩前に踏み出せた作品だと僕は思っています。

こんな作品もまたやってみたいなと思います。そして次僕は、いつ主演が回ってくるかな（笑）

鷲尾 昇

『モンスターボックス』は記念すべき。なんて大げさですが、ボックスシリーズの一作目。シアターVアカサカからシアターサンモールに進出したことをきっかけにボックスシリーズがスタートした。んだと思う。多分。

劇中の台詞、「切れてな〜い」。ちょうどこの文句を使ったひげ剃りのCMがオンエアーされた時期だと考えると懐かしい。

この作品はボックスシリーズの魁であり、活劇だったり漫画的なキャラクターが登場しはじめた作品でもあります。

この公演から殺陣が増えた。ドバッと。自分の演じた暁も例に漏れず。殺陣の中で刹那にお札を貼ったり、一人でブツブツ呪文を唱えながら舞台四方を走り回ったり。

三八度を超える高熱を出し、坐薬を入れて本番をやって、気付いたら自分の誕生日をサプライズで祝ってもらって（公演DVD参照）、めまぐるしい公演でした。


ボックスシリーズ最終作品、『シークレットボックス』。

東京芸術劇場中ホール、初進出作品でもある。

舞台の立派な間口に、*pnish*作品のラフな空気感が不釣り合いだったことは記憶に新しい。

便利屋チーム＝*pnish*という構図は、普段の*pnish*の関係性を出しつつ。というコンセプトでもあった。と、思う。

*pnish*が演じた役柄のキャラ分けが能力によるところが強かったため、ボックスシリーズ史上もっとも主人公が地味な作品だと言える。

そのため自分が演じたリッチの便利屋チームでの立ち位置がなかなか決まらず、基本敬語使いなんてのも劇場入り間際に決まったことだったり。

稽古中に、ハル・アズマ・タジとの関係性をいじくってみたり、バックボーンもいくつか変えて試してみたり。

試行錯誤のリッチだった。ボックスシリーズ史上唯一、親子の絆を描いたハートフル作品でもある。

土屋裕一

二〇一一年五月

上演記録

pnish vol.6『モンスターボックス』

上演期間	2005年2月3日(木)～7日(月)
上演場所	シアターサンモール

CAST

遠藤悟	佐野大樹
斬鬼丸	森山栄治
川嶋修二郎	鷲尾 昇
暁	土屋裕一
雪村数馬	古屋暢一
刹那	新田将司
ひとつ目	堀田 勝
毘沙焔	野間慎平
シオン	児玉信夫

STAGE STAFF

作	*pnish*
演出	菅野臣太朗（ヰタ・マキ）
音楽	竹下 亮（OFFICE my on）
舞台監督	寅川英司＋突貫屋
舞台監督助手	中原和也／栗山佳代子
技斗	野添義弘（劇団スーパー・エキセントリック・シアター）
振付	稲田晴美
美術	浅井裕子
照明	紀 大輔（六工房）
照明助手	樋口かほる／石野幸紀／石渡順子
音響	山下菜美子（OFFICE my on）
音響効果	中田摩利子（OFFICE my on）
衣裳	木村猛志（衣匠也）
衣裳製作	木村春子(衣匠也)／小林寛子(衣匠也)／江頭幸恵／風見縫製
ヘアメイク	馮 啓孝／井村祥子
演出助手	甘城美典

PRODUCE STAFF

宣伝美術	玉川朝英(アーマットデザイン)
宣伝写真	宮坂浩見
宣伝ヘアメイク	目崎陽子
制作協力	ネルケプランニング
企画・製作	*pnish*

上記データは公演当時の情報を掲載したものです。

pnish vol.9『シークレットボックス』

上演期間	【東京公演】2007年9月14日(金)〜18日(火) 【兵庫公演】2007年9月29日(土)〜30日(日)
上演場所	東京芸術劇場 中ホール 兵庫県立芸術文化センター 中ホール

CAST

ハル	鷲尾 昇
アズマ	森山栄治
タッジ	佐野大樹
リッチ	土屋裕一
百瀬	湯澤幸一郎
鳴海	吉田友一
泉	辻本祐樹
須藤	新田将司
松井	三上真史
乙黒	加藤 学
甲本	加古臨王
川上	長谷川哲朗
津田	別紙慶一
梅津	牧田雄一
竹田	小松聡二郎
十条	木村靖司

STAGE STAFF

作	*pnish*
演出	井関佳子
美術	秋山光洋
音楽	大石憲一郎
殺陣	清水大輔（和太刀）
舞台監督	寅川英司＋鴉屋
照明	紀 大輔（PAC）
音響	山下菜美子（mintAvenue inc.）
音響効果	ヨシモトシンヤ
衣裳	木村猛志（衣匠也）
ヘアメイク	井村祥子（アトリエレオパード）／清 博美（アトリエレオパード）
映像	松永 誉（ビジュアルアンドエコー・ジャパン）
演出助手	相原美奈子
舞台監督助手／小道具	栗原佳代子
演出部	桜井秀峰／田中 翼／佐藤 恵
照明オペレーター	瀬合千春／斎藤貴子／山本愛美
音響オペレーター	天野高志（OFFICE my on）／小宮聖子
衣裳製作	木村春子／森 洋美／保坂暁子／㈲衣匠也
衣裳進行	名村多美子
ウィッグ	アトリエレオパード
宣伝美術	玉川朝英（アーマットデザイン）
宣伝写真	宮坂浩見
宣伝ヘアメイク	前田亜耶（SUGAR）／牛丸朋美（SUGAR）

PRODUCE STAFF

制作	ネルケプランニング
制作協力	オデッセー
企画・製作	*pnish*

上記データは公演当時の情報を掲載したものです。

pnish（パニッシュ）

2001年7月1日、*pnish*を結成。

メンバーは佐野大樹、森山栄治、鷲尾 昇、土屋裕一の4名。

友人や家族と一緒に楽しめる“気軽に観る事ができて、楽しい舞台”を信念に公演を重ねる。

芝居だけではなく、ダンスやアクションなど様々な要素を採り入れ、エンターテイメント性の高い公演を上演。

結成以来、全作品をメンバー同士で話し合いながら脚本を手がけており、
主な上演作品は『パニックカフェ』『トレジャーボックス』『ウエスタンモード』など。

*pnish*公式サイト：http://www.pnish.jp/

上演に関するお問い合わせ先
〒153-0043
東京都目黒区東山1-2-2　目黒東山スクエアビル
㈱ネルケプランニング内 *pnish*
TEL:03-3715-5624（平日11:00～18:00）

モンスターボックス／シークレットボックス

2011年6月30日　初版第1刷印刷
2011年7月10日　初版第1刷発行

著　者　*pnish*（パニッシュ）
発行者　森下紀夫
発行所　論 創 社
東京都千代田区神田神保町 2-23　北井ビル
tel. 03（3264）5254　fax. 03（3264）5232
振替口座 00160-1-155266
印刷・製本　中央精版印刷
ISBN 978-4-8460-0972-4　